曾坤·著

【新选】

唐诗

三百首

山西出版传媒集团

北岳文艺出版社
BEIYUE LITERATURE & ART PUBLISHING HOUSE

图书在版编目（CIP）数据

新选唐诗三百首 / 曾坤著. —太原：北岳文艺出版社，2017.8

ISBN 978-7-5378-5271-5

Ⅰ. ①新… Ⅱ. ①曾… Ⅲ. ①唐诗－诗集 Ⅳ. ①I222.742

中国版本图书馆CIP数据核字（2017）第159954号

书　名：新选唐诗三百首	责任编辑：贾晋仁	书籍设计：张永文
著　者：曾　坤	助理编辑：畅　浩	印装监制：巩　璠

出版发行	山西出版传媒集团·北岳文艺出版社
地　　址	山西省太原市并州南路57号
邮　　编	030012
电　　话	0351-5628696（发行部）
	0351-5628688（总编室）
传　　真	0351-5628680
网　　址	http://www.bywy.com
E－mail	bywycbs@163.com
经 销 商	新华书店

印刷装订	山西人民印刷有限责任公司
开　　本	787mm×1092mm　1/32
字　　数	237千字
印　　张	11.5
版　　次	2017年8月第1版
印　　次	2017年8月山西第1次印刷
书　　号	ISBN 978-7-5378-5271-5
定　　价	39.80元

各为奇观，互臻齐美（代序）

赵相如

　　唐诗，是中华民族的文化瑰宝与骄傲，她宣示着中华民族历史的悠久、文明的昌盛、文学的雅致与精美。

　　唐诗传流至今仍有五万首左右。一方面我们为拥有这样恢宏的文化遗产而振奋；另一方面，我们也要思虑如何更有效地阅读、欣赏、继承唐诗的精华，以丰富自己的知识结构、提高自己的文化素养。昂扬乐观、体现积极人生之道的有如山水画一般意境的语言精美的诗篇，让读者品鉴、诵读、欣赏，是每一位唐诗编选者的目标。

　　清代的孙洙先生（蘅塘退士）编选的《唐诗三百首》，流传了几百年，是历朝诗词集里对国人影响较大的选本。后来还有一些人对唐诗进行详解，自然也有一定的存在价值。当今有曾坤先生穷几年工夫，重新编选唐诗三百首，并在每首之后加上了自己的读后感悟。

曾坤先生曾经在多个岗位工作过，最主要的是曾任人民日报社记者部主任，他自己也是一名高级记者（编辑）。他无论在哪个岗位，都开创了让人赞佩的业绩，且出类拔萃。进入人生之秋，曾坤先生毅然重拾年轻时的梦想，翻开卷帙浩繁的唐诗及有关资料，以记者的灵动与敏感来重新选编唐诗。

曾坤先生年轻时有过当诗人的愿望，也创作并发表过诗作。他以诗人的品位来挑选艺术趣味相投、脍炙人口的唐诗来引发读者的共鸣，可以期待曾坤先生所编选的唐诗与孙洙先生编选的唐诗会像双峰相对，各为奇观，互臻其美。

编选一本有高格调的唐诗，并对读者予以积极的引导，需要有严谨的治学识见。孙洙先生有着康乾盛世的时代烙印，他以温柔敦厚的诗教为宗旨，选出的诗以盛唐时的为主，符合中庸之道，而对初唐、晚唐的诗选得不多，这就留下了某种局限。曾坤先生长期珍视传统文化的血脉，并融会贯通于其中。他善于对文学艺术特别是诗歌的发展进行上下求索、对比，产生不少真知灼见。特别对于唐诗中反映的生活面，他有自己的体悟，且较为深刻、老辣及切中要害，这是别的选本所不及的。

"诗无达诂"（董仲舒语）。对于唐诗的理解，各人可以有各人的角度，这正是唐诗的魅力所在。苏东坡说："腹有诗书气自华。"每个人在生活中应留存一点诗情画意以及对美好的向往，才有力量穿越生活中的困涩与磨难。多读点诗，特别是唐诗，可以得到意想不到的收获，人也会变得高雅光鲜起来。

应该说，传播优秀的传统文化，在当今社会环境下尤其显得可贵。曾坤先生把自己对唐诗赤诚的多年的爱在这本选作中表露无遗，同时又以精炼的语言进行表述，确是做了件大好事，值得点赞。

2016 年 7 月 10 日　于杭州

我为何新选唐诗三百首（自序）

昔日从事中学语文教学时，即颇感诸多《唐诗三百首》选本，尤其流传甚广、影响最大的清代蘅塘退士的选本，虽数百年来一直为中外读者所尊崇，但毕竟时光已过去数百年，时过境迁，古今观念、眼光、趣味差异日益拉大，愈来愈难以穿越时光隧道，与今天联通，与今人共勉。故蠢蠢欲动，欲以今人的感受、体悟，再试选一册《唐诗三百首》，使唐诗这一中华文化的瑰宝，心有灵犀一点通，能更快捷地融入当代社会生活中，融入当代中国人的文化精神世界里，以便更好地传承这一文化血脉。无奈，因受当年各种主客观条件限制，不可能也无能力去从事这项有趣的事情。最终，只不过变成在自家脑海里不时打转转的遐想而已。

近来，受兴致驱使，整日游走于故纸堆中，旧念又起，夜不能寐。遂找来《全唐诗》，一页页翻读，低吟慢品，遇怦然心动者，顺手拈来；碰感怀有加者，乘兴笔录，并随手放在微信朋友圈内，供大伙儿赏玩。不承想，近两年过去了，竟选出了三百首。令人鼓舞的是，选诗过程中意外得到各方朋友的热情鼓励和踊跃参与，使整个过程本身就充满了诗意。如今，将其整理成册，冠名《新选唐诗三百首》，交由出版社出版。若能些微提高读者国学趣味与生活乐趣之半毫，当不甚欣慰并万分感激之至！

最后，还想补充一句，我一向信奉"文无第一，武无第二"的信条，选诗序列没有先后之分，更不存在排行榜。还是那句老话：有一千个观众，就有一千个哈姆雷特！

目录

1

10

野 望

王 绩

东皋薄暮望，徙倚欲何依。
树树皆秋色，山山唯落晖。
牧人驱犊返，猎马带禽归。
相顾无相识，长歌怀采薇。

【咏诗感怀】

　　唐诗给人的直觉总是那么斑斓而缤纷，广阔而深远，就像这首诗。将山山树树、牛犊猎马交织成一幅绝妙的艺术画卷，把诗人的孤寂彷徨之情与笼罩四野的秋色暮景巧妙的勾连起来，带给读者一种超然物外的冲击力和艺术美感。尤其诗中所蕴含的不尽之意，更给读者一种长久的回味与遐想。"相顾无相识，长歌怀采薇。"胸藏万汇，却找不到一个可倾诉的知己！像一只鸿鹄，在长空中飞翔、寻觅，寻觅、飞翔……

赠程处士

王 绩

百年长扰扰，万事悉悠悠。
日光随意落，河水任情流。
礼乐囚姬旦，诗书缚孔丘。
不如高枕枕，时取醉消愁。

【咏诗感怀】

　　初唐诗人王绩，蘅塘退士所选"三百首"里无他的名字，今天知其名与诗者亦很少。但在隋末唐初，其诗名却声威远扬，以其恬淡静雅的诗风与追求适意人生的诗境，在诗坛独树一帜，被视为扭转六朝浮艳风格、带给初唐诗坛生气的标杆式人物。这首诗，远比那首被不少人视为王绩代表作的《野望》，更能够彰显其破旧立新、开怀放达的领先之风。

　　放眼世界，纷繁复杂，"百年长扰扰，万事悉悠悠。"看透了，亦悟透了，何必放在心上。"日光随意落，河水任情流。"融身大自然中吧，一切是那么的惬意、随心。吟之，余音袅袅，寄怀是如此广远，用情却又是如此恬淡；语言既工整对仗，又真切随意，真乃匠心独运也。

赠萧瑀

李世民

疾风知劲草，板荡识诚臣。
勇夫安识义，智者必怀仁。

【咏诗感怀】

自古忠臣难觅，人心难测，唐太宗李世民必是有感而发。这首诗是李世民赐给萧瑀的一首诗，萧瑀原为隋朝的官吏，后来投降了李世民，并得到重用。显然，萧瑀的所作所为对李世民触动很深。否则，何以感怀出这一番品高诗亦佳的宏论来：在猛烈的大风中，才能看出小草坚强的韧性；在动荡不安的时局中，方能辨别出官吏对国家的忠诚度。鲁莽骁勇之人，何以懂得道义？而智勇兼具者，必定怀有仁爱之心。

劝诫诗

王梵志

结交须择善，非识莫与心。
若知管鲍志，还共不分金。

【咏诗感怀】

　　初唐诗人王梵志为开创以俗语俚词入诗的唐代通俗诗派之鼻祖。其诗多以说理为主，平易浅显，时带诙趣。这首诗实乃诗人总结的交友之道：结交朋友必须选择好对象，没有较深了解的时候，不能把心交出去。如果真有像管仲和鲍叔牙交友的志趣，就可以同甘共苦。这显然是诗人在现实生活中遭遇交友失败后的有感而发，并非专为劝诫别人特意而作。诗忌说理，贵在抒情。

梅花落

卢照邻

梅岭花初发，天山雪未开。

雪处疑花满，花边似雪回。

因风入舞袖，杂粉向妆台。

匈奴几万里，春至不知来。

【咏诗感怀】

    吾自天山来，描绘天山奇景之唐诗，尤钟爱。这首《梅花落》，将天山雪岭比作梅花岭，雪花与梅花交映，积雪之处犹如堆满了梅花，梅花洁白就像雪片落满枝头，多么浪漫美妙的景色啊！

    赏雪不忘敌情，梅花娇艳难抚警觉，因匈奴会否再犯尚不得而知。此景此情，渗透了诗人保家卫国、祈福边境安宁的一片真情。这首诗没被蘅塘退士收录到《唐诗三百首》中，无疑是一个遗漏。

咏 鹅

骆宾王

鹅鹅鹅，曲项向天歌。

白毛浮绿水，红掌拨清波。

【咏诗感怀】

骆宾王七岁作此诗，脱口而出，如风行水上，自然成纹（文）蓝天、白毛、绿水、红掌，各色交相映辉，多么美的一幅画面。天才也！

骆为唐初诗人，与王勃、杨炯、卢照邻合称初唐四杰。骆是浙江义乌人，出身寒门，七岁能诗，号称"神童"。骆与南通的渊源，据记载，明正德九年（1514），南通城东有个黄泥口，有个农民在挖地时，发现一古墓，墓碑上刻有"骆宾王之墓"。此事传开后已到了明朝末年。至于骆死后为何埋在南通，至今仍是个谜。因他后期加入反叛朝廷的兵变，被朝廷追杀，不知去向。有说被杀，有说逃亡，有说投水而亡，传说纷纭。

于易水送人

骆宾王

此地别燕丹，壮士发冲冠。
昔时人已没，今日水犹寒。

【咏诗感怀】

诗美在意境。意境是人类情感通达的境界，是传输诗人情怀的幽婉曲径。初唐诗人骆宾王这首溢满凄怆之情的诗，让人触摸到诗人心底的隐隐伤痛。这首题为"送人"的诗，究竟送的是何人？没说，也没必要说。因通篇在感叹当年荆轲刺秦王一事，"风萧萧兮易水寒，壮士一去兮不复还。"乃借送友之事，怀古抒怀，以强烈深沉的感情，表达对憬然赴义的荆轲的无比敬仰；同时亦宣泄出诗人对现实的难以抑制的不满情绪。"今日水犹寒"，通过诗歌使得自身的"寒"境与更广阔、更古远的时空相连接，意蕴深刻。

西京守岁

骆宾王

闲居寡言宴，独坐惨风尘。
忽见严冬尽，方知列宿春。
夜将寒色去，年共晓光新。
耿耿他乡夕，无由展旧亲。

【咏诗感怀】

"一夜连双岁，五更分二年。"除夕乃月穷岁尽的日子，除夕夜乃除旧迎新的时刻。故而，除夕充满诗意，古诗中有关除夕的大作迭出不穷，其中数北宋王安石的《元日》最具影响力。唐诗中的除夕之作亦不少，但多思亲怀乡之怨，如白居易的《客中守岁》、戴叔伦的《除夜宿石头驿》。说明在那个交通极度不便的年代，除夕夜一家人能团圆的，的确是一件极奢侈的事情。

今吾独选骆宾王的这首《西京守岁》，唯看重它细致传神地表达出诗人心灵的触动，虽无不忧伤之情，然对新的一年却充满无限期待："夜将寒色去，年共晓光新。"

和晋陵陆丞相早春游望

杜审言

独有宦游人，偏惊物候新。
云霞出海曙，梅柳渡江春。
淑气催黄鸟，晴光转绿蘋。
忽闻歌古调，归思欲沾襟。

【咏诗感怀】

杜审言被公认为唐初五言律诗的奠基人之一。这首唱和诗对仗工整，韵脚分明，平仄和谐，为后人写五言律诗之范文。早春二月，携友游春，阳光明媚，云霞满天，柳丝摇曳，莺啼鸟唱，万象更新，生机盎然。但诗人的心情却触春伤感，思念家乡。

诗乃最能挑逗人们情绪的东西，这首诗中，春景被描绘得美轮美奂，但字里行间却隐隐飘浮着一缕缕忧思，吟之，勾起读者莫名的伤感！

送杜少府之任蜀州

王 勃

城阙辅三秦，风烟望五津。

与君离别意，同是宦游人。

海里存知己，天涯若比邻。

无为在歧路，儿女共沾巾。

【咏诗感怀】

满纸离愁别绪。离别，是我们每个人谁也逃不脱的人生必修课。唯其如此，方应倍加珍惜已有的缘分！

咏 风

王 勃

肃肃凉风生，加我林壑清。

驱烟寻涧户，卷雾出山楹。

去来固无迹，动息如有情。

日落山水静，为君起松声。

【咏诗感怀】

所谓"诗眼"，即指诗中最能表现意境的关键字句。一如此诗中的"有情"，全诗紧紧扣住"风"的"有情"来写，写"风"驱散涧上烟云，卷走山上雾霭，送来清爽，并吹动万山松林，为人们奏响美妙的乐章。

语言的凝练性乃唐诗的突出特点，当然也是古代诗歌的共同特点。此诗中仅用了一个"加"字，就将"风"赋予感情，仿佛风是有意急人所需似的。还有"驱""卷""起""为君"等字词，均赋予极丰富的内容与情感，高度凝练化。

山 中

王 勃

长江悲已滞，万里念将归。
况属高风晚，山山黄叶飞。

【咏诗感怀】

诗不是用来讲道理的，更不是用来教训人。诗是用来感动人的，换我心为你心，换他心为我心，换天下心为我心。

以千古名句"落霞与孤鹜齐飞，秋水与长天一色"而傲立于中国文学史上的王勃，据说他写诗有一个习惯，先将墨汁磨好，然后倒头大睡。也不晓得什么时候，突然一个鱼跃翻身，提笔疾书，一蹴而就，连一个字都不需要改动。他抒的是情，最挚炽的情；写的是意，稍纵即逝的意。换句话说，诗是潜意识的产物。凡是写过诗的人都知道，我们不可能随时随地就能写出自己满意的诗来。在没有灵感的前提下，不用说写一首诗，恐怕写出一个自己满意的句子都难。因此，好诗不是想写就能写出来的。王勃的这首诗，悲路远，伤时晚，发羁旅之慨，抒怀乡之念，完全是从心而发，情含景中，神传象外，具有无穷的艺术魅力。

代悲白头翁

刘希夷

洛阳城东桃李花，飞来飞去落谁家？
洛阳女儿惜颜色，行逢落花长叹息。
今年落花颜色改，明年花开复谁在？
已见松柏摧为薪，更闻桑田变成海。
古人无复洛城东，今人还对落花风。
年年岁岁花相似，岁岁年年人不同。
寄言全盛红颜子，应怜半死白头翁。
此翁白头真可怜，伊昔红颜美少年。
公子王孙芳树下，清歌妙舞落花前。
光禄池台文锦绣，将军楼阁画神仙。
一朝卧病无相识，三春行乐在谁边？
宛转蛾眉能几时？须臾鹤发乱如丝。
但看旧来歌舞地，惟有黄昏鸟雀悲。

【咏诗感怀】

青春易逝，人生短暂，世事无常。年年岁岁花相似，岁岁年年人不同。对时光流逝的无奈，对造化弄人的感慨，颇具醒世意义。

渡汉江

宋之问

岭外音书绝，经冬复历春。
近乡情更怯，不敢问来人。

【咏诗感怀】

昔日读此诗，就觉得非常出彩。虽寥寥二十个字，却写得情深意切，神采飞扬。将一个长期客居异乡、久无家中音信的游子重抵家门时急切而又不安的特殊心理状态，描写得栩栩如生、细致入微，如同小说中的一段精彩无比的心理描写。

时隔几十年后的今天，再读，更深感诗人匠心独具，拨人心弦！运用别出心裁的艺术表现力，欲擒故纵，意蕴袅袅，道出了久居他乡之人抵达家门时的共同心理感受，文学典型性与普遍性突显，乃一首不可多得的抒情诗。

独不见

沈佺期

卢家少妇郁金堂，海燕双栖玳瑁梁。

九月寒砧催木叶，十年征戍忆辽阳。

白狼河北音书断，丹凤城南秋夜长。

谁谓含愁独不见，更教明月照流黄。

【咏诗感怀】

  这首诗运用七律形式圆熟，无一处堆砌辞藻，无一处用典，自然畅达而不造作，有真实之景，真实之情，被视为是唐代七律的奠基之作。但吾以为，更值得肯的是诗的内容，全诗从多个侧面成功地塑造了一位勇担大义、古今罕见的伟大军嫂形象，令人敬佩，更令人唏嘘！

野 井

郭 震

纵无汲引味清澄，冷浸寒空月一轮。
凿处若教当要路，为君常济往来人。

【咏诗感怀】

　　唐代诗歌昌盛，一个重要原因，就是实行以诗取仕的科举制度，以制度来推动诗歌的兴旺。据说，郭震就因为诗写得好，被武则天看中，一路官运亨通，直至宰相的宝座。郭震的诗在当时就很火爆，仅从这首诗便可窥其一二。诗写得非常耐人寻味，大意是说有一口井，水质非常甘甜，却不知为什么开凿在荒郊野外，来汲水的人几乎没有。诗人感慨万分：如果这口井位于大路旁、要道上该有多好，一定会养活、滋润很多人。这哪里是在说野井，分明是借题发挥，在抒发心中的牢骚。据说在一次军事演习中，他不恰当地出来奏事，打乱了演习，唐玄宗居然要绑了他去斩首，被大臣们苦求告免。但他也由此被流放到广东。诗人心情无比郁闷，他先后侍奉数任皇帝，功勋卓著，又值壮年，正是做大事业的时候，却因为一点小小的过错差点被杀头，继而又被流放到偏远地方，其委屈、郁闷可想而知。于是写下这首诉说自己遭冷落、怀才不遇的牢骚诗。

登幽州台歌

陈子昂

前不见古人，后不见来者。

念天地之悠悠，独怆然而涕下。

【咏诗感怀】

　　这是一首历来传颂之名篇。直抒胸臆，激越奔放，雄豪悲壮。将广阔无垠的时空，与孤独落寞苦闷的情绪两相对照，从哲理的高度思索人生之真谛，极富感染力。吟诵全诗，顿生悲壮苍凉之气！俯仰人生，宇宙无限，热泪横流。这乃诗人空怀抱国为民之心终不得施展的仰天呐喊！

春夜别友人（其一）

陈子昂

银烛吐青烟，金樽对绮筵。

离堂思琴瑟，别路绕山川。

明月隐高树，长河没晓天。

悠悠洛阳道，此会在何年。

【咏诗感怀】

　　所谓咏诗，就是读而出声，始能体会到诗文的声韵之美、情韵之美。古体诗之特点，在于其鲜明的节奏与和谐的音韵，朗朗上口，掷地有声，富于音乐美。咏诵此诗，不知不觉就融入了自己的感情，引发共鸣。更觉得诗之音节犹如大珠小珠落玉盘，铿锵悦耳！

送东莱王学士无竞

陈子昂

宝剑千金买，生平未许人。
怀君万里别，持赠结交亲。
孤松宜晚岁，众木爱芳春。
已矣将何道，无令白首新。

【咏诗感怀】

　　孤高的青松喜欢严寒的冬天，而众多的花木则爱好暖和的芳春。诗人以孤松比喻有气节和人格的人，借众木指那些溜须拍马、趋炎附势的蝇头鼠辈。这是诗人送给政治失意的友人王无竞远行时的赠诗，勉励他要像岁寒松柏一样坚贞不屈，切不可像春天里的众木，攀附气候，浑身媚气。咏诵此诗，唐诗之高洁，弥漫在心头，经久不散！

回乡偶书（其一）

贺知章

少小离家老大回，乡音无改鬓毛衰。
儿童相见不相识，笑问客从何处来？

【咏诗感怀】

诗人八十六岁告老还乡，其间距他离乡时已过去了漫长的五十多个年头。久离重归，人老珠黄，五味杂陈，不禁感慨万端，脱口成诗。全诗共二十八个字，说的都是家常话，然意蕴无穷。

回乡偶书（其二）

贺知章

离别家乡岁月多，近来人事半消磨。
唯有门前镜湖水，春风不改旧时波。

【咏诗感怀】

这首诗用的都是家常语，一看就懂。但意境非凡，感叹人生短促，往事如烟，表达了游子久别回乡、物是人非的惆怅心情。读来如淙淙流水，从心底缓缓地流过。

咏 柳

贺知章

碧玉妆成一树高，万条垂下绿丝绦。
不知细叶谁裁出，二月春风似剪刀。

【咏诗感怀】

景由心发，什么样的心情，就会看到什么的的景致，就如同"情人眼里出西施"一般。这首"咏柳"，千百年来脍炙人口，尤其"二月春风似剪刀"一句，无人不知，无人不晓。

早春二月，柳芽初嫩，枝柔叶媚，婀娜多姿，千枝百态，仿若少女。望之，令人心旷神怡，美由心发。在少女蒙眬睡眼般的细叶间，春风有情，如剪刀般偷偷地又是"裁"又是"剪"，裁剪成"丝绦"缕缕，裁剪出鹅黄嫩绿，裁剪出春天的娇美，裁剪出春天的倩影。

春江花月夜

张若虚

春江潮水连海平，海上明月共潮生。

滟滟随波千万里，何处春江无月明！

江流宛转绕芳甸，月照花林皆似霰。

空里流霜不觉飞，汀上白沙看不见。

江天一色无纤尘，皎皎空中孤月轮。

江畔何人初见月，江月何年初照人。

人生代代无穷已，江月年年只相似。

不知江月待何人，但见长江送流水。

白云一片去悠悠，青枫浦上不胜愁。

谁家今夜扁舟子？何处相思明月楼？

可怜楼上月徘徊，应照离人妆镜台。

玉户帘中卷不去，捣衣砧中拂还来。

此时相望不相闻，愿逐月华流照君。

鸿雁长飞光不度，鱼龙潜跃水成文。

昨夜闲潭梦落花，可怜春半不还家。

江水流春去欲尽，江潭落月复西斜。

斜月沉沉藏海雾，碣石潇湘无限路。

不知乘月几人归，落月摇情满江树。

【咏诗感怀】

张若虚的这首《春江花月夜》，受到历代文人墨客的热捧，被誉为"孤篇盖全唐""诗中的诗，顶峰上的顶峰""填补了中国古代诗歌史上以月为中心媒介，同时写男女双方两地相思，及探索宇宙和人生哲理于同一首诗的空白"等等，好评如潮。吾认为，上述赞誉毫不过分。这的确是一首美妙的春夜颂歌。诗人用极其唯美的文字，将醉人的明月、娇艳的湖水、洁净的天空……描绘得如同仙境一般，每个字都蕴含着美的遐思，每个字都浸透着美的体味，给读者一种情、景、理交融的幽美而邈远的意境。实在妙不可言！

张若虚是唐代一位名不见经传的人物，流传至今的诗作只有两首。但仅凭这一首《春江花月夜》，即奠定了他在唐诗史上突出的文学地位。

蜀道后期

张 说

客心争日月，来往预期程。

秋风不相待，先至洛阳城。

【咏诗感怀】

吾以为，一首诗妙趣横生，意味无穷，愈品愈觉得余音袅袅，玩味不尽，堪称好诗，此首《蜀道后期》正是也。张说不愧为一位写诗高手。一缕再平常不过游子思归的念头，他用秋风扫落叶般的气势，把这点"念头"彰显得滚滚滔滔，令读者心猿意马，平添了无尽的怨天尤人的愁绪。全篇诗意隽永含蓄，字字珠玑，但又像是诗人毫不用意即得之，非百炼而不能也。譬如首句一个"争"字，活脱脱道出了诗人归心似箭、分秒必争的急切心情。

但是，秋风如飞，比诗人"先至洛阳城"，他还是落后了。沮丧之余，怪罪秋风！此处妙不可言，更彰显了思归的急迫之情！诗贵在心，心乃意境也。所谓"意境"，是指诗中所描绘的客观图景和所表现的思想感情融合一致而形成的一种艺术境界。品此诗，你"悟"出来了吗？

感遇（其一）

张九龄

兰叶春葳蕤，桂华秋皎洁。
欣欣此生意，自尔为佳节。
谁知林栖者，闻风坐相悦。
草木有本心，何求美人折！

【咏诗感怀】

张九龄为广东人，其诗以清淡见长，"雅正冲淡"。

这首诗，意境高洁，以比兴的手法，借兰、桂这两种高雅的植物，托物寓意，抒发诗人清雅高洁、恬淡从容之气节与襟怀。吟之，如"气如兰兮长不改，心若兰兮终不移"；似丛桂怒放，令人神清气爽也。清代大诗评家袁枚有云：诗贵比兴。我国最早的一部教学论著《学记》说：不学习譬喻之修辞，就不会作诗。谆谆告诫写诗运用比兴手法之重要性。

蘅塘退士精选的《唐诗三百首》中，位列卷首的非李白、杜甫的诗，而是张九龄的这首《感遇其一》。吾反复琢磨，泱泱四万多首的《全唐诗》，蘅塘退士何以独将此诗排名"三百首"五言古诗之首？按蘅塘退士的选择标准，一是"脍炙人口之作"，二是每种诗体中"择其尤要者"而选之。很显然，这首诗均符合上述选择标准。而吾更以为，无论从诗的意境、技巧、结构，还是从诗所表达的主旨、哲理、思想，均做到了意穷词尽，无一字落空。且咏物之背后，又揭示出高雅的人生哲理，真不愧为圣洁之诗，高雅之诗，完美之诗！

望月怀远

张九龄

海上生明月，天涯共此时。
情人怨遥夜，竟夕起相思。
灭烛怜光满，披衣觉露滋。
不堪盈手赠，还寝梦佳期。

【咏诗感怀】

"海上生明月，天涯共此时"乃千古名句，古今文人墨客，只要望月抒怀，脑海中立马就会蹦出这两句诗来，可见其悠远的影响力。举头望明月，情光悠悠，托起不尽情思，翻古为新，咏诗感怀，情意更缠绵。相邀远方人，梦里来相见。

"问世间情为何物，直叫人生死相许。"人们总把情与世间万物相比，因为有情乃是真英豪。只是"自古多情空余恨"！这首望月怀人诗，无论何时吟诵，心中都会泛起一层层苦不堪言的涟漪。仰望明月，情切意绵，因月生情，因情生怨。相思之苦，彻夜难眠，"堆来枕上愁何状，江海翻波浪。夜长天色总难明，寂寞披衣起坐数寒星"；相思之深，梦中相见，"晓来百念都灰尽，剩有离人影。一钩残月向西流，对此不抛眼泪也无由。"一句"海上生明月，天涯共此时"，竟成了自古以来有情人缠绵悱恻的共同情怀！

赋得自君之出矣

张九龄

自君之出矣，不复理残机。
思君如满月，夜夜减清辉。

【咏诗感怀】

　　此首诗的标题颇费琢磨，必须先作诠释。《自君之出矣》是乐府诗杂曲歌辞名。"赋得"是一种诗体。诗人摘取古人成句作为诗题，故题首冠以"赋得"二字。这是一首绝妙的精品诗，运用清丽委婉、真挚动人的笔锋、塑造了一位丈夫久出未归、无心劳作、眷眷情愫的痴心少妇形象，使整首诗充满浓郁的生活气息，给读者以鲜明的柔美的感受。"思君如满月，夜夜减清辉"，我思念你，就像十五的满月，一夜一夜地减弱了清辉。何其贴切，何其娇媚，何其曼妙！

登鹳雀楼

王之涣

白日依山近，黄河入海流。
欲穷千里目，更上一层楼。

【咏诗感怀】

唯站得高，方可识见广阔；千里视野，必在登高。此乃万古不变的一致认同与感知守则。与其说诗写得很美，莫如说人生道理讲得透彻，故而引起广泛的共鸣。

凉州词（其一）

王之涣

黄河远上白云间，一片孤城万仞山。
羌笛何须怨杨柳，春风不度玉门关。

【咏诗感怀】

此诗被誉为边塞诗的绝唱，吾以为，一点不为过。这首唐诗之所以被人们牢记，盖因它极生动地描绘出祖国西部边疆旷远广漠的风光，畅怀倾诉了戍边将士的疾苦，这乃边塞诗永恒的主题，古今同一，历史的穿越感极强。

春　晓

孟浩然

春眠不觉晓，处处闻啼鸟。
夜来风雨声，花落知多少？

【咏诗感怀】

　　风声、雨声、花声，声声入耳；音韵、景韵、情韵，韵韵入心。意境何其优美！这首诗抓住春日清晨刚刚醒来的那一瞬间，捕捉典型的春天气息，景真情真，灌注了诗人的生命，跳动着诗人的脉搏。"文章本天成，妙手偶得之"，这是最自然的诗篇，实乃天籁。

晚泊浔阳望庐山

孟浩然

挂席几千里，名山都未逢。

泊舟浔阳郭，始见香炉峰。

尝读远公传，永怀尘外踪。

东林精舍近，日暮空闻钟。

【咏诗感怀】

闻一多曾说过："淡到看不见诗了，才是真正孟浩然的诗。"吾理解，这是在夸赞孟浩然的诗毫无斧迹刀痕，如风行水上，自然成纹（文）。你瞧这首诗，好似诗人淡笔轻轻一挥洒，便将庐山的神韵及诗人内心的惆怅与感伤，惟妙惟肖地勾勒出来。日暮钟幽，高僧远去，空留余响……难怪后人称其为"天籁"之作，甚有同感！

留别王维

孟浩然

寂寂竟何待，朝朝空自归。

欲寻芳草去，惜与故人违。

当路谁相假，知音世所稀。

只应守寂寞，还掩故园扉。

【咏诗感怀】

　　《留别王维》是孟浩然离开长安之际，赠给好友王维的诗。孟浩然年逾四十才入京师求功名，终得不到认可与赏识，不得不放弃了心中对入仕的所有希冀，决心退隐山林。这首离别诗一吐心中之块垒。有道是，小隐隐于野，大隐隐于朝。隐逸是古往今来一切怀才不遇者特有的一种情怀，但是，遁世之心背后的眷恋之情又有几人知晓？如今看来，显然是世事伤透了诗人的心，在仕与隐这一岔路口上，孟浩然决然选择了归隐，促使老朋友王维最后亦步其后尘！

望洞庭湖赠张丞相

孟浩然

八月湖水平，涵虚混太清。
气蒸云梦泽，波撼岳阳城。
欲济无舟楫。端居耻圣明。
坐观垂钓者，徒有羡鱼情。

【咏诗感怀】

每个人的审美趣味千差万别，我一向认为，对唐诗的欣赏与评价，是感性的取向，就如同我喜欢孟浩然的这首《望洞庭湖赠张丞相》，绝无从传播学和历史变迁的角度来判其好坏，完全是纯感性的个人体味。

诗人借洞庭湖之胜景，委婉表达自己年富力强毛遂自荐的迫切心情。但又碍于不肯直说，委婉地表达了自己的意愿。

与诸子登岘山

孟浩然

人事有代谢，往来成古今。
江山留胜迹，我辈复登临。
水落鱼梁浅，天寒梦泽深。
羊公碑字在，读罢泪沾襟。

【咏诗感怀】

对距今一千多年前的唐诗，完全读懂它着实不易。受阅历、年龄、处境、心情等因素的影响，每个人对唐诗的理解又各有不同。

就如同这首唐诗，年龄大的人比年轻人的感悟要更深一些，与诗境的交融会更近一些。因为他们经年太久，阅世太深，什么潮涨潮落，什么时事变迁，什么生老病死，什么寒来暑往，什么悲欢离合，看得太多了，经历得太多了，这乃不以人的意志为转移的世间规律、自然规律，逝者如斯夫，谁也阻挡不住！

孟浩然在这里吊古伤今，显然心中积存了太多的苦水，面对为羊裕歌功颂德的羊公碑，联想自己迄今功不成、名不就，两相对比，就不免"读罢泪沾襟"了。讲人生哲理，又饱含诗人的满腔激情，此乃诗人之诗，而非哲人之诗！

清明即事

孟浩然

帝里重清明，人心自愁思。
车声上路合，柳色东城翠。
花落草齐生，莺飞蝶双戏。
空堂坐相忆，酌茗聊代醉。

【咏诗感怀】

据统计，在全唐诗中直接描写与清明相关题材的诗歌就高达七十六首之多，可见当时清明节在人们心目中受重视的程度。

此首孟浩然的《清明即事》，真实地再现了清明时节唐人倾城而出、踏青戴柳、祭祀祖先的场景，及笼罩在人们心头对远逝亲人的哀思。咏诵这首诗，就像是在饮一杯浓烈的老酒，个中滋味令人咀嚼不尽！

宿建德江

孟浩然

移舟泊烟渚，日暮客愁新。
野旷天低树，江清月近人。

【咏诗感怀】

这首田园小诗，味鲜趣真，开阔大气，朴中见色，不愧为唐代田园诗中的极品。这首诗的可贵之处还在于以情赋诗。在四野茫茫、江水悠悠、明月孤舟之景致的背后，却跳动着诗人的一颗愁心。诗乃有情之物，绝对是用挚情浸泡过后而发酵的文字！

过故人庄

孟浩然

故人具鸡黍，邀我至田家。

绿树村边合，青山郭外斜。

开轩面场圃，把酒话桑麻。

待到重阳日，还来就菊花。

【咏诗感怀】

　　这是一首唐代田园诗中的佳作。当现代生活越来越喧嚣紧张，越来越都市化的今天，一种回归自然、回归田园的向往，却越来越在大众的心中升腾！吾极欣赏孟浩然的这首田园诗，一个普通的农庄，一顿鸡黍饭的普通款待，竟被描绘得如此富有诗意，恬淡亲切，淳朴诚挚，自然无粉饰，给人一种远离喧嚣洗去尘埃的意境，尤令我们这些被喧嚣的都市生活折磨得筋疲力尽的人们引发共鸣。

咏 雪

张打油

江山一笼统，井口一窟窿，
黄狗身上白，白狗身上肿。

【咏诗感怀】

自古打油诗就拥有广阔的市场，因为它滑稽通俗，诙谐幽默，暗含讥讽，令人发噱，无人不喜欢。然而，打油诗又似乎登不上大雅之堂，被正统文人视为旁门左道，予以排斥。因为它不讲"诗规"，换句话说，虽说是诗，平仄韵律却不像绝、律诗这么严苛，且多用民间俚语俗话入诗。不过，普罗大众从不理这个茬。在他们眼里，精彩的打油诗比好多字正腔圆的正统诗歌强百倍，口口相传，千古不忘。这首作于唐朝中期的打油诗《咏雪》，想必就是以口头文学的形式先传播开来，后又被文人记录下来。如此强劲的生命力，说明它是一朵开在人们心中的不败的奇葩！

通篇写雪，由鸟瞰到聚焦，由颜色到神态，纷纷跃然于纸上。但又不着一个"雪"字，真是神来之笔！故而一鸣惊人，开创了一个崭新的打油诗体，名垂千古。

古从军行

李　颀

白日登山望烽火，黄昏饮马傍交河。

行人刁斗风沙暗，公主琵琶幽怨多。

野云万里无城郭，雨雪纷纷连大漠。

胡雁哀鸣夜夜飞。胡儿眼泪双双落，

闻道玉门犹被遮，应将性命逐轻车。

年年战骨埋荒外，空见蒲桃入汉家。

【咏诗感怀】

　　吾自新疆来，自然熟悉自古被称为祖国"边塞"的新疆，更对自盛唐以来日臻成熟的唐诗中的一枝奇葩——边塞诗情有独钟，尤其喜爱以高适、岑参、李颀、王昌龄等诗人形成的高岑诗派。他们的诗作描写边塞战争和边塞风土人情，以及保家卫国的豪情、建立功名的壮志、不屈的意志和必胜的信心等，诗风悲壮，格调雄浑，充溢阳刚之美，就如同这首诗，以一个前线将士的口吻与视角，展示了驻守在边关将士战风沙、斗严寒的苦寒心态，具有强烈的艺术感染力。

　　昔日在新疆时，曾常常吟诵此诗，心中油然腾起一种金戈铁马、驰骋疆场的豪迈情怀。今日再吟，更有一种亲切感，交河、烽火、风沙、空旷……这一切熟悉的景观霎时浮现在眼前。

送陈章甫

李 颀

四月南风大麦黄，枣花未落桐叶长。

青山朝别暮还见，嘶马出门思旧乡。

陈侯立身何坦荡，虬须虎眉仍大颡。

腹中贮书一万卷，不肯低头在草莽。

东门酤酒饮我曹，心轻万事如鸿毛。

醉卧不知白日暮，有时空望孤云高。

长河浪头连天黑，津口停舟渡不得。

郑国游人未及家，洛阳行子空叹息。

闻道故林相识多，罢官昨日今如何。

【咏诗感怀】

送别诗乃唐诗中一大热门话题，述惆怅哀怨，话离情愁绪。然此首诗却一扫阴霾之气，不为失意作苦语，不因离别写愁思。以豁达清爽的语言，寥寥几笔就栩栩如生地刻画出一位仪表堂堂、正气凛然然仕途坎坷的官员形象，不禁令人仰之叹之！

尤其末二句有穿越感：闻道故林相识多，罢官昨日今如何？官位在身时朋友众多，如今罢官返乡了，还会有那么多朋友吗？诗人惊天一问，真乃古今同问，趋炎附势之气如出一辙！

送魏万之京

李　颀

朝闻游子唱离歌，昨夜微霜初渡河。

鸿雁不堪愁里听，云山况是客中过。

关城树色催寒近，御苑砧声向晚多。

莫见长安行乐处，空令岁月易蹉跎。

【咏诗感怀】

离歌哀愁，不堪回首；功利喧嚣，转眼成空；切莫虚度，荒掷青春。

出塞（其一）

王昌龄

秦时明月汉时关，万里长征人未还。
但使龙城飞将在，不教胡马度阴山。

【咏诗感怀】

这是一首咏史诗，时接千载，地跨万里，溢苍苍茫茫之气，显海阔天高之派，展一往无前之风。吟之，予人以"千里冰封，万里雪飘"的宏大空间感和"驾长车，踏破贺兰山缺"的深沉历史感！禁不住亦想附诗一首：

秦时明月汉时关，万里风云聚眼前。
阴山巍峨李飞在，家国兴旺保平安。

闺　怨

王昌龄

闺中少妇不知愁，春日凝妆上翠楼。
忽见陌头杨柳色，悔教夫婿觅封侯。

【咏诗感怀】

　　杨柳春色闹枝头，不见功名万户侯。盛妆淑女为谁扮，悔不当初生怨愁。夫婿觅封侯，少妇不知愁。陌头杨柳色，凝妆上翠楼。

芙蓉楼送辛渐

王昌龄

寒雨连江夜入吴，平明送客楚山孤；

洛阳亲友如相问，一片冰心在玉壶。

【咏诗感怀】

　　盛唐著名边塞诗人王昌龄，其诗以七绝见长，尤以登第之前赴西北边塞所作边塞诗最为有名。这首七绝为送别朋友辛渐所作，别情依依，意境凄楚。尤其最后一句"一片冰心在玉壶"，给人以冰清玉洁、志行高洁之感，为古今读者所钟爱。

望蓟门

祖　咏

燕台一望客心惊，笳鼓喧喧汉将营。
万里寒光生积雪，三边曙色动危旌。
沙场烽火连胡月，海畔云山拥蓟城。
少小虽非投笔吏，论功还欲请长缨。

【咏诗感怀】

　　"万里寒光生积雪"与毛泽东的诗句"千里冰封，万里雪飘"，有异曲同工之妙。这首诗从军事上落笔，着力勾画山川形胜，浩瀚苍茫的气势，雪域万里，寒气逼人。非胸怀大志者绝写不出此等雄伟阔大之景象！

九月九日忆山东兄弟

王　维

独在异乡为异客，每逢佳节倍思亲。
遥知兄弟登高处，遍插茱萸少一人。

【咏诗感怀】

如今，再咏唱这首著名诗篇的时候，吾正好置身"独在异乡为异客"的环境之中，愈加强烈地感受到诗篇巨大的力量。这种力量，来自它的朴质、深厚和高度凝练的概括。

需要特别指出的是，这首千百年来广泛传诵的艺术珍品，竟是王维十七岁时所作，应了那句"自古英雄出少年"。

相　思

王　维

红豆生南国，春来发几枝。

愿君多采撷，此物最相思。

【咏诗感怀】

古诗以物起兴，乃常见的一大创作技法。这首诗以红豆寄托情思，通过委婉含蓄、一往情深的表白，把相思之情表达得入木三分。语言又朴实无华、语浅情深，终成为千古流行的名诗。

鹿 柴

王 维

空山不见人，但闻人语响。
返景入深林，复照青苔上。

【咏诗感怀】

　　吟诵此诗，不由得联想到自己的一段经历，身居深山老林之中，周围一个人影见不着，寂静极了。突然，密林深处传来几声布谷鸟的叫声：布谷！布谷！幽远清脆，以动衬静，愈加感到空寂。一如此诗给人的意境，幽冷空寂，忘情时事。

送元二使安西

王　维

渭城朝雨浥轻尘，客舍青青柳色新。
劝君更尽一杯酒，西出阳关无故人。

【咏诗感怀】

此诗乃中华诗坛不可多得的一首奇诗！送战友，去安西。路途遥，多险之。酒中情，畅饮之。自此后，难相遇。魅所在，永不衰！

秋夜独坐

王　维

独坐悲双鬓，空堂欲二更。

雨中山果落，灯下草虫鸣。

白发终难变，黄金不可成。

欲知除老病，唯有学无生。

【咏诗感怀】

　　古诗今读，唯有情同此情、心同此心、与之共鸣时，方觉得诗写得好！此时此刻，恨不能拍手叫绝！人在岁月面前，总是那么脆弱无助。人一天天老去，"白发终难变"，青春已经尘封，激情已经冰冻，功名已成云烟。文人悲秋，自古皆然。这种时光的穿越，仿佛诗人兀自独坐、静寂沉思的剪影，直面人生追根问底的姿态，栩栩如生，就在眼前。

积雨辋川庄作

王 维

积雨空林烟火迟，蒸藜炊黍饷东菑。
漠漠水田飞白鹭，阴阴夏木啭黄鹂。
山中习静观朝槿，松下清斋折露葵。
野老与人争席罢，海鸥何事更相疑。

【咏诗感怀】

吾乃耳顺之人，咏此诗犹如自肺腑喷涌而出，韵同此韵，情同此情，足可合一也！时至今日，在饱尝人生苦乐的体验之后，才觉得对王维和他的这首田园诗有了更深一层的感悟，才明白许多才子佳人何以能适时放下世俗的功名利禄，远离官场尘世的喧嚣而隐身山林！像诗人一样，整日沉迷于"漠漠水田飞白鹭，阴阴夏木啭黄鹂"的山光水景之中，可谓诗画之人也，亦是吾之所求矣。

吾一向以为，田园诗的兴盛是对尘世烦恼的一种反制，是人心回归淡泊的生动写照，古今雷同。王维的这首田园诗，堪称是其所创作的田园诗中压卷之作。山乡野趣，心宽体松，无忧无扰，透悟人生，与世无争，悠悠然，陶陶然，多么自在，多么放松，多么闲散安逸！诗中营造的这种空灵任情的意境，吟之谁人不陶醉？

53

山居秋暝

王　维

空山新雨后，天气晚来秋。

明月松间照，清泉石上流。

竹喧归浣女，莲动下渔舟。

随意春芳歇，王孙自可留。

【咏诗感怀】

整日浸泡在浩瀚无垠的唐诗中，思绪浩渺。上溯历史，中国史脉上记载的多为权贵，而中国文脉上留存下来的多是巨匠。那位写诗入了魔的乾隆皇帝，不但想在史脉上留名，还妄想同时在中国文脉上留名，但是，如今有谁记得这位皇帝撰写的诗呢？

不以人的地位论史，不以人的权贵选文，才能将李白、杜甫、王维这些磐碎帛裂般命运的文学巨匠留存下来。这亦是中国文脉伟岸高洁之处。

深秋时节咏此诗，"新雨后""晚来秋"，淡淡几字，一阵清新、凉爽之气扑面而来。雨后的空山是那般清新幽静，山中的人们是那般安逸自在，这是一个多么明净超脱的意境啊！

竹里馆

王　维

独坐幽篁里，弹琴复长啸。
深林人不知，明月来相照。

【咏诗感怀】

　　当今社会，功名利禄甚嚣尘上，伪假虚狂尚在顽抗。欲学王维持一副摆脱尘世之累的宁静心境，似乎太不容易，尤其在仕途上。吾建议，无妨常吟此诗，随之进入幽深茂密的竹林之中，独自一人弹着琴弦，诉说衷肠，把倾洒着银辉的一轮明月当成心心相印的知己朋友，来一个瞬间的大释怀、大解脱！

　　这首只有短短二十个字的咏景小品，信手拈来，看似平淡无奇，细嚼则具轻灵高逸之趣，饱含着极幽雅的艺术魅力。

杂诗（其二）

王 维

君自故乡来，应知故乡事。
来日绮窗前，寒梅著花未。

【咏诗感怀】

在吾脑海里，对故乡的思念，都是一个个具体的形象或画面。譬如一回忆起中学时代，耳边立马会响起校园高音喇叭里播放的"社员都是向阳花"的欢快歌声。乡思，绝对是一种形象思维活动。

王维这诗中所抒发思乡之情，就是那株亭亭玉立于老屋窗前的"寒梅"，说不定这株寒梅深藏着一段当年故乡生活中令诗人心跳的故事呢！因此，这株寒梅也自然成了诗人思乡之情的集中寄托。

山 中

王 维

荆溪白石出，天寒红叶稀。

山路元无雨，空翠湿人衣。

【咏诗感怀】

  王维是因"田园诗"的卓绝而名扬千古，但他与陶渊明、孟浩然等田园诗派的领军人物不同的是，他不仅仅只迷恋于寒山秋水之间，仅局限于创作恬淡悠远的田园诗，还创作了诸如《陇头吟》《老将行》《赠裴旻将军》等大量的雄浑刚健、慷慨悲壮的边塞诗。只不过他的田园诗，连同他的山水画，表现最为突出，影响也最深远罢了。

  王维还是一位多面手，除作诗外，绘画、音乐、书法等样样精通。并能以绘画、音乐之理通于诗，达到了诗情画意完美结合的高度艺术境界。大文学家苏轼称赞王维："诗中有画，画中有诗"。这首《山中》就极富诗情画意：白石粼粼的小溪、鲜艳的红叶、无边的浓翠组成的山中冬景，色泽斑斓鲜明，充满生气，充满美学趣味。

鸟鸣涧

王　维

人闲桂花落，夜静春山空。
月出惊山鸟，时鸣春涧中。

【咏诗感怀】

　　这首诗是王维营造静谧意境山水诗中的代表作之一。吾极欣赏摩诘先生此种禅味的人生境界，生活优裕，但却将这些看得很淡，追求心灵的宁静，志在山林溪水。难怪《红楼梦》中的林黛玉那么极力地推崇他，原来都属看透浮华人生、大彻大悟的一类人！

　　此时此刻，身处鸟啼涛鸣、空寂朦胧的大海边，低吟浅酌这首诗，似有与诗人天地合一的感觉。你想想看，月出无声，花落无声，这本都属于天籁之音，诗人居然都能听得到！如果没有将个人精神提升到一个"空"的境界，没有放下对世俗杂念、杯盘酒嗜的执着、迷恋，怎能悟得出来这番"蝉噪林逾静，鸟鸣山更幽"的意境？

渭川田家

王 维

斜阳照墟落，穷巷牛羊归。
野老念牧童，倚杖候荆扉。
雉雊麦苗秀，蚕眠桑叶稀。
田夫荷锄至，相见语依依。
即此羡闲逸，怅然吟式微。

【咏诗感怀】

王维的诗一向被誉为"诗中有画，画中有诗。"此首诗便是明证。夕阳的余晖中，放牧归来的一群群牛羊涌入村巷深处；一位拄着拐杖、依着柴门的爷爷，正翘首等待放牧归来的孙子；田野小路上，三三两两扛锄归来的农夫，相互交谈着，煞是亲热；正在抽穗的麦浪滚滚的绿色田野上，不时传来野鸡的鸣叫声，清脆而悠远；村口的桑树上，吃饱了的桑蚕已呼呼大睡……

一幅多么美妙的初夏北方乡村的暮色图啊，令诗人羡慕不已，情不自禁吟唱起《诗经》中两句话："式微，式微，胡不归？"翻译成现在的话：天黑了，天黑了，你还不回来啊？越读唐诗，越觉得腹中空空，学海无涯！不禁想起古人的两句诗：到此已穷千里目，谁知才上一层楼。

田园乐

王 维

桃红复含宿雨，柳绿更带朝烟。
花落家童未扫，莺啼山客犹眠。

【咏诗感怀】

　　唐代描写春景的诗篇数不胜数，吾尤喜欢王维的这首《田园乐》。色彩淡雅而明丽，意境天籁而幽远，美极了，亦静极了。不由地想起另外两句拨动心弦的咏春诗："早烟山际重，春雾水边多"，两者有异曲同工之妙。其实，王维的田园诗犹如天生花卉，春兰秋菊，均尽展一时之秀。

少年行（其一）

王　维

新丰美酒斗十千，咸阳游侠多少年。
相逢意气为君饮，系马高楼垂柳边。

【咏诗感怀】

这首《少年行》描绘的是唐代一帮翩翩少年，忘记一切，抛开一切，高楼纵酒的奔放昂扬的情景，真乃古今一脉相承也。

大唐是游侠精神的黄金年代，上马提剑，下马吟诗，出为将，入为相，文官与武将，诗人与游侠，在大唐时代结合得十分完美。这首诗即是那个遥远年月留给我们的最真实的写照。

终南别业

王 维

中岁颇好道，晚家南山陲。

兴来每独往，胜事空自知。

行到水穷处，坐看云起时。

偶然值林叟，谈笑无还期。

【咏诗感怀】

《终南别业》是王维的代表作之一。王维悟破世道，一副超然物外、"坐看云起时"的娴静淡远的心态，不知赢得古今中外多少人的青睐！尤其这首《终南别业》，富于禅趣画意，全诗浸透了闲适怡乐、随遇而安之情，吟之，甚令我辈陶醉！

秋夜曲

王　维

桂魄初生秋露微，轻罗已薄未更衣。
银筝夜久殷勤弄，心怯空房不忍归。

【咏诗感怀】

秋夜独坐，懒添新衣，久弹银筝，皆因"心怯空房"。而所谓的"心怯空房"，其实是见不到心仪之人的委婉说辞罢了。少女怀春，孤独幽隐，怨情悠悠，欲言又止，真不愧为一首宛转含蓄的闺怨诗。

观 猎

王 维

风劲角弓鸣，将军猎渭城。

草枯鹰眼疾，雪尽马蹄轻。

忽过新丰市，还归细柳营。

回看射雕处，千里暮云平。

【咏诗感怀】

对北方草原生活没有深切感受和细微观察过的诗人，是无论如何写不出这样鲜活的诗篇的。文艺创作源于生活，如"草枯鹰眼疾，雪尽马蹄轻"两句，逼真地再现了北方草原的情景。在草原生活过的人都知道，草高没人时，鹰捕食就困难；积雪太厚时，马就跑不起来。足见王维生活阅历之深厚。这首《观猎》写得意气风发、风驰电掣、豪情满怀，吟之，恨不能并驾齐驱。

过香积寺

王　维

不知香积寺，数里入云峰。

古木无人径，深山何处钟。

泉声咽危石，日色冷青松。

薄暮空潭曲，安禅制毒龙。

【咏诗感怀】

"晚年唯好静"的王维，一心侍佛，心无旁骛。故这期间他所创作的诗歌大多带有一种恬淡宁静的气氛。这首诗，就是以他沉湎于佛学的恬静心境，描绘出山林古寺的幽邃环境，古树参天的丛林中，有小径而无人行，听钟鸣而不知何处，僻极了，静极了。从而营造出一种清高幽僻的意境。

将进酒

李　白

君不见黄河之水天上来，
奔流到海不复回。
君不见高堂明镜悲白发，
朝如青丝暮成雪。
人生得意须尽欢，
莫使金樽空对月。
天生我材必有用，
千金散尽还复来。
烹羊宰牛且为乐，
会须一饮三百杯。
岑夫子，丹丘生，
将进酒，杯莫停。
与君歌一曲，
请君为我侧耳听。
钟鼓馔玉不足贵，
但愿长醉不复醒。
古来圣贤皆寂寞，
唯有饮者留其名。

陈王昔日宴平乐，

斗酒十千恣欢谑。

主人何为言少钱，

径须沽取对君酌。

五花马，千金裘，

呼儿将出换美酒，

与尔同销万古愁。

【咏诗感怀】

每每吟诵此诗，强烈撞击吾怀的，就是"君不见黄河之水天上来，奔流到海不复回"。吾方明白唐诗竟能如此豪迈，如此敞怀，可以不必押韵，不必那么清婉，可以如此荡气回肠。一千两百多年前的诗句，今天读来，依然让人血脉贲张。诗人如橼巨笔下喷涌而出的跌宕起伏的情感，让我们感受到震撼古今的气势与力量，这就是中国古诗词的魅力。

吾以为，动我心者，激我情者，对接今日生活者，即陶冶性情之篇，鼓铸志行之作，古今共振之诗。这首《将进酒》算是站到唐诗甚至古诗的顶端了。

早发白帝城

李　白

朝辞白帝彩云间，千里江陵一日还。
两岸猿声啼不住，轻舟已过万重山。

【咏诗感怀】

　　轻舟飞驰，山风拂面，鸟鸣啼猿，朝发夕至，何其爽哉！快哉！李白这首绝句被列为其诗的压卷之作，吾要说，货真价实！

静夜思

李　白

床前明月光，疑是地上霜。

举头望明月，低头思故乡。

【咏诗感怀】

前几年，几位学者运用现代统计学的方法搞出了一份唐诗前一百名的"排行榜"，结果引起舆论大哗，褒贬不一。吾认为，这亦属商业炒作国学的一种技法，不无益处。若单以诗的知名度排行，这首《静夜思》位列第一，当无二意。可以这么说，国人没有不会背这首诗的。为什么这样一首近如白话、情感朴实的诗歌，却能引起每一位中国人极大的共鸣呢？就在于其淋漓尽致地反映了那挥之不去、招之即来的思乡之情，营造出一种明静醉人的秋夜意境，故而获得了永久的艺术生命力。

听蜀僧濬弹琴

李 白

蜀僧抱绿绮，西下峨眉峰。
为我一挥手，如听万壑松。
客心洗流水，馀响入霜钟。
不觉碧山暮，秋云暗几重。

【咏诗感怀】

　　这是描写一位名叫濬的和尚弹琴情景的五言律诗，势如林海松涛，声似高山流水，荡涤胸怀，令听者如痴如醉。能将美妙的音乐用文字生动地表达出来，对当代所有写作高手来说，无疑是一件难事。然古人却有超拔之力，令今人汗颜。以唐诗为例，其中就有不少描写音乐的佳作，最著名的要数白居易的《琵琶行》。诗中用"大珠小珠落玉盘"来形容忽高忽低、忽清忽浊的琵琶声，把琵琶所特有的繁密多变的音响效果充分地表现出来，言出其妙，实在是高！此首《听蜀僧濬弹琴》完全可与《琵琶行》比肩。

宣州谢朓楼饯别校书叔云

李　白

弃我去者，昨日之日不可留。

乱我心者，今日之日多烦忧。

长风万里送秋雁，对此可以酣高楼。

蓬莱文章建安骨，中间小谢又清发。

俱怀逸兴壮思飞，欲上青天揽明月。

抽刀断水水更流，举杯销愁愁更愁。

人生在世不称意，明朝散发弄扁舟。

【咏诗感怀】

　　这首离别诗之所以能深深镌刻在古今读者的记忆里，盖因诗人发牢骚亦发得气宇昂昂、激情满怀，如奔腾的江河水瞬息万变，波澜迭起！何谓"诗仙"？此诗便是见证。

关山月

李 白

明月出天山，苍茫云海间。
长风几万里，吹度玉门关。
汉下白登道，胡窥青海湾。
由来征战地，不见有人还。
戍客望边邑，思归多苦颜。
高楼当此夜，叹息未应闲。

【咏诗感怀】

这首诗向来脍炙人口，尤其在我们这些生长在天山脚下的人群中间。此诗描绘了一幅广阔苍茫、深沉磅礴的西部边塞月夜图，将战士的思乡与家人的思亲融于广阔苍茫的景色里，使得景因情而怨，情因景而伤，"奔逸气，耸高格，清人心神，惊人魂魄"。百读不倦！

"明月出天山，苍茫云海间。长风几万里，吹度玉门关。"这等大气、豪迈的诗句，唯有在西部浩瀚广阔的地域生活过的人，方能感悟得更加深切。明月从天山上出来，浮在苍茫的云层间。长风从几万里外吹来，又从玉门关上飞过去。这里原是汉朝刘邦脱围而去的白登台，现在胡人还在窥视着青海。此地古来就是兵家必争之地，但总看不到有几个人能够活着回来。当战士们看到边塞上的荒凉景色，思归的心情不由得涌上心头，相信今晚家中妻子站在高楼上看到这月色时，哀怨之声该难以终止吧！

　　胸襟浩渺的李白，带着一种旷远、沉静的思索，将思乡离别之情潜潜地融入广阔苍茫的景色里，呈现给读者一幅辽阔、悲壮、凄凉的边塞图。

　　特别需要指出的是，《关山月》原为汉乐府鼓乐"横吹曲"中的曲目，系守边战士在马上吹奏的军乐，乐曲表现了征人思乡报国的情感。

赠孟浩然

李　白

吾爱孟夫子，风流天下闻。

红颜素轩冕，白首卧松云。

醉月频中圣，迷花不事君。

高山安可仰，徒此揖清芳。

【咏诗感怀】

不慕名利，弃仕隐遁，不事权贵，自甘淡泊，天地一书生也。佩服！佩服！

74

月下独酌

李 白

花间一壶酒，独酌无相亲。

举杯邀明月，对影成三人。

月既不解饮，影徒随我身。

暂伴月将影，行乐须及春。

我歌月徘徊，我舞影零乱。

醒时同交欢，醉后各分散。

永结无情游，相期邈云汉。

【咏诗感怀】

　　月下独酌，举目无知音，孤独之情，浸透纸背！此诗乃路人皆知之名诗，每每吟之，徒生出无限惆怅之感：摔碎瑶琴凤尾寒，子期不在对谁弹？春风满面皆朋友，欲觅知音难上难！

子夜吴歌·春歌

李　白

秦地罗敷女，采桑绿水边。

素手青条上，红妆白日鲜。

蚕饥妾欲去，五马莫留连。

【咏诗感怀】

　　这幅令人情动的美女采桑场景，李白是怎么捕捉到的？吾琢磨，一定是在访道学仙的"游侠"路上遇到的。李白一生胸怀大志，欲学鲲鹏，展翅万里。可惜，天风不来，海波不起，入世不得，求仙不成，最终，只获得一个"斗酒诗百篇"的"诗仙"名号。

子夜吴歌·秋歌

李　白

长安一片月，万户捣衣声。

秋风吹不尽，总是玉关情。

何日平胡虏，良人罢远征。

【咏诗感怀】

"吴歌"，晋曲也。出自江南，东晋南迁，更为流行。《子夜歌》为吴声歌曲的一种。这是一首饱含深刻思想性与时代性的诗歌。盛唐时代，国力强盛，许多文官武将都争着奔赴边疆建功立业，即所谓"功名只应马上取"。这种报国立功的进取精神即是当时的时代精神。然这首诗却独出心裁，不从大处着笔，而是从女子思念情人的哀怨切入，反映国家大事，歌颂时代精神，小巧中见宏大，缠绵中见悲壮。妙哉！所以至今传诵不衰。

子夜吴歌·冬歌

李　白

明朝驿使发，一夜絮征袍。
素手抽针冷，那堪把剪刀。
裁缝寄远道，几日到临洮。

【咏诗感怀】

这岂止是一首诗，更像是一部凄美动人的微型小说。读之，谁不为之动容？谁不为之挥泪？寒夜里，妻子在为远征在边关的丈夫赶制冬衣，因为明天一早就得交驿使带走。素手抽针已觉得很冷，还要不停地握那把冰冷的剪刀！一针针，一线线，针儿密，心儿急，一边呵着手，一边不停针，一夜急赶快缝，终于大功告成。可是，"才下眉头，却上心头"，想想那遥远的边关，驿使要走多久才能将棉袍送到丈夫手上？如此迫不及待的心情，饱含着妻子多少浓情深意啊！

不能不令人惊叹的是，这首寥寥三十个字的小诗，竟如此生动细腻地讲述了一个催人泪下的故事，刻画出一位情重、贤惠、栩栩如生的妻子形象。吾要说，这般惜字如金的语言艺术，今人实在望尘莫及！唐诗是字字必争的语言艺术，更是浓缩的精华，以最有限的诗句，拓展出最无限的空间；以最精炼的形式，承载起最广博的内涵。

蜀道难

李　白

噫吁嚱，危乎高哉！

蜀道之难，难于上青天！

蚕丛及鱼凫，开国何茫然。

尔来四万八千岁，不与秦塞通人烟。

西当太白有鸟道，可以横绝峨眉巅。

地崩山摧壮士死，然后天梯石栈相钩连。

上有六龙回日之高标，下有冲波逆折之回川。

黄鹤之飞尚不得过，猿猱欲度愁攀缘。

青泥何盘盘，百步九折萦岩峦。

扪参历井仰胁息，以手抚膺坐长叹。

问君西游何时还？畏途巉岩不可攀。

但见悲鸟号古木，雄飞雌从绕林间。

又闻子规啼夜月，愁空山。

蜀道之难，难于上青天，使人听此凋朱颜。

连峰去天不盈尺，枯松倒挂倚绝壁。

飞湍瀑流争喧豗，砯崖转石万壑雷。

剑阁峥嵘而崔嵬，一夫当关，万夫莫开。

所守或匪亲，化为狼与豺。

朝避猛虎，夕避长蛇。

磨牙吮血，杀人如麻。

锦城虽云乐，不如早还家。

蜀道之难，难于上青天，侧身西望长咨嗟。

【咏诗感怀】

　　此诗自中学始习之迄今，愈吟愈奇绝，愈诵愈豪迈，平生鲜有此体味也。可谓江山绝景矣！天下奇文也！

梦游天姥吟留别

李 白

海客谈瀛洲，烟涛微茫信难求；
越人语天姥，云霞明灭或可睹。
天姥连天向天横，势拔五岳掩赤城。
天台四万八千丈，对此欲倒东南倾。
我欲因之梦吴越，一夜飞度镜湖月。
湖月照我影，送我至剡溪。
谢公宿处今尚在，渌水荡漾清猿啼。
脚著谢公屐，身登青云梯。
半壁见海日，空中闻天鸡。
千岩万转路不定，迷花倚石忽已暝。
熊咆龙吟殷岩泉，栗深林兮惊层巅。
云青青兮欲雨，水澹澹兮生烟。
列缺霹雳，丘峦崩摧。
洞天石扉，訇然中开。
青冥浩荡不见底，日月照耀金银台。
霓为衣兮风为马，云之君兮纷纷而来下。
虎鼓瑟兮鸾回车，仙之人兮列如麻。
忽魂悸以魄动，恍惊起而长嗟。

惟觉时之枕席，失向来之烟霞。

世间行乐亦如此，古来万事东流水。

别君去兮何时还？且放白鹿青崖间，

须行即骑访名山。安能摧眉折腰事权贵，

使我不得开心颜！

【咏诗感怀】

　　这首诗与其说是记梦诗，莫如说是仙游诗。信手写来，笔随兴至，心往神驰，烟雾云霞，丘峦石扉，确如仙境。绝世名作，吟诗如同开怀放歌，何其壮哉！伟哉！

峨眉山月歌

李　白

峨眉山月半轮秋，影入平羌江水流。

夜发清溪向三峡，思君不见下渝州。

【咏诗感怀】

　　自古，月乃思人念旧之象征。借月抒发不遇落寞之情、怀人追乡之念，成为一切诗文中咏月之主旨，古今雷同。诗人乘船夜行，从峨眉山起程，入平羌，发清溪，向三峡，直至渝州，仰望峨眉山上皎洁的半轮秋月，俯视月映清江之迷人夜色，感怀万千，思乡怀友，愁肠百结……

望庐山瀑布

李 白

日照香炉生紫烟，遥看瀑布挂前川。

飞流直下三千尺，疑是银河落九天。

【咏诗感怀】

迄今，在描绘庐山景色的中外诗歌中，绝对找不到任何一首可与这首诗比肩的，称得上是"庐山第一诗"。更有甚者，凡略通文墨的中国人，不会背诵或不知此诗的人，恐怕也属凤毛麟角。作为中国人，倘若眼前有任何瀑布出现，能脱口而出的夸赞语就是"疑是银河落九天"了！这就是唐诗在华夏文化中根深蒂固的魅力。

庐山瀑布奇丽雄伟的独特风姿，被这位大诗人张开想象的翅膀，几句夸张、比喻，便生动展现在我们眼前。且同时传递给我们一种胸襟开阔、超群脱俗的精、气、神来，令人为之一振！余光中评价李白说：绣口一开，就是半个盛唐。

玉阶怨

李 白

玉阶生白露，夜久侵罗袜。

却下水晶帘，玲珑望秋月。

【咏诗感怀】

从整体上看，流传迄今的李白诗作，以豪放飘逸、狂傲不羁见长。其实也不尽然。李白还写过一些与其代表作诸如《蜀道难》《将进酒》《行路难》《长相思》等风格迥然不同的细腻宛柔的闺怨诗，一如这首。咏罢莫名的惆怅、哀怨之绪随之而生，感染力异乎寻常！古代的豪门少女，满身满心的优雅气质，满腹满闺的琴棋书画。踩着玉石台阶，掀起水晶门帘，却安福守规，绝不越雷池一步。只能隔着门帘，睁着一双幽柔似水、凄迷如雾的明眸，痴痴地望着那同时映照着自己向往的人的一轮秋月，在那里魂牵梦萦地思春呢。难状之情，难言之隐，含思婉转，余韵如缕。

作品无声嘶力竭之弊，而有幽邃深远之美，看似不经意之笔，实则极见功力，难得的佳作矣！

山中与幽人对酌

李　白

两人对酌山花开，一杯一杯复一杯。
我醉欲眠卿且去，明朝有意抱琴来。

【咏诗感怀】

一句唐诗不会背的中国人，恐怕今日很难找到。如"粒粒皆辛苦""朱门酒肉臭""床前明月光""更上一层楼""春眠不觉晓"等等，这些诗句谁人不知？谁人不会？连牙牙学语的孩童都不例外。

唐诗是中国人的文化血脉，不仅传承在每一个中国人身上，更以其精练、优雅之风采，傲立于世界民族之林。谁人不向中国人致敬：李杜文章在，光芒万丈长！

南陵别儿童入京

李 白

白酒新熟山中归，黄鸡啄黍秋正肥。

呼童烹鸡酌白酒，儿女歌笑牵人衣。

高歌取醉欲自慰，起舞落日争光辉。

游说万乘苦不早，著鞭跨马涉远道。

会稽愚妇轻买臣，余亦辞家西入秦。

仰天大笑出门去，我辈岂是蓬蒿人。

【咏诗感怀】

　　自古至今，中国最伟大的浪漫主义诗人非唐代大诗人李白莫属。毛泽东就特别推崇李白的诗，且他的诗词亦充满了极浓郁的浪漫主义色彩。如"我失骄杨君失柳，杨柳轻扬直上重霄九""坐地日行八万里，巡天遥看一千河"等，这些耳熟能详令人心旷神怡的诗句，运用瑰丽夸张的想象，热情奔放的语言，来表达强烈的内心世界与个人感情，正是浪漫主义基本创作手法。

　　李白一生满怀远大的政治抱负，但命运多舛，直到年届四十二岁，方被唐玄宗一纸诏书唤入京城。他以为自此往后就可以飞黄腾达了，故而欣喜欲狂，临离家赴京上任前写下了这首热闹喜庆、激情洋溢的七言古诗。诗的结尾狂呼："仰天大笑出门去，我辈岂是

87

蓬蒿人。"你瞧，他简直乐颠了！一副踌躇满志、"喝令三山五岳开道：我来了"的自得、自负心态，被称作是"古今最狂傲不羁、豁达洒脱的诗句"。他哪里晓得，官场最忌讳的就是这种桀骜不驯。

行路难

李 白

金樽清酒斗十千，玉盘珍羞直万钱。

停杯投箸不能食，拔剑四顾心茫然。

欲渡黄河冰塞川，将登太行雪满山。

闲来垂钓碧溪上，忽复乘舟梦日边。

行路难！行路难！多歧路，今安在，

长风破浪会有时，直挂云帆济沧海。

【咏诗感怀】

　　春天带给人希望，带给人美好的憧憬，就像李白这首《行路难》，鼓荡出冲天的激情，充溢着无限的希望，大气磅礴，气冲云霄，无往而不胜。眼下，虽"欲渡黄河冰塞川，将登太行雪满山"（想要渡过黄河可寒冰堵塞了河流，想要登上太行山，大雪却封住了道路）。但春天来了，希望就来了，"长风破浪会有时，直挂云帆济沧海"（总会有乘风破浪的那一天，挂起高帆渡过茫茫大海）。对未来充满无限的期待与衷心的祝福，境界悠远开朗！

　　有道是，在心为志，发言为诗，情动于中而形于言。这首《行路难》就是一首大志歌，抒发了诗人的人生大志，表现了诗人不畏艰难、乐观自信的人生态度。

渡荆门送别

李 白

渡远荆门外，来从楚国游。
山随平野尽，江入大荒流。
月下飞天镜，云生结海楼。
仍怜故乡水，万里送行舟。

【咏诗感怀】

有诗评家说得好：太白之情多于景中生出，此作其尤者也。吾真羡慕李白所在的那个年月，一大帮文人，无所事事，整月整年地在青山绿水之间闲逛游荡，来来去去。不用携带任何政务与商情，仅带一双锐眼、一腔诗情，寻幽人豪饮，与山水亲热。岂料，被传颂千古的，反倒是这些有闲文人及其作品，而不是权倾一时的帝王，也非倾国倾城的王妃，更不是横刀跃马的将军。正如后人所总结的：文人"绣口一吐，就半个盛唐"！他们有扛鼎之功。

此荆门送别，记述的就是诗人乘船经巴渝、出三峡、直向奔荆门山外的一次远游情景。一路"平野尽""飞天镜""结海楼"，景色何其伟丽，气象何等壮阔，笔锋何其飘逸！

秋浦歌（其十五）

李　白

白发三千丈，缘愁似个长！
不知明镜里，何处得秋霜。

【咏诗感怀】

"秋浦"在今安徽省贵池县西。据说，李白曾经五上秋浦，在这里挥毫写下了以《秋浦歌》为代表的四十五首千古名篇，以致后世把秋浦河誉为"诗之河"。这第十五首秋浦歌，是李白专门吟唱的"愁"咏，堪称千古诗篇中咏愁诗的顶巅之作。问君还有几多愁？恰似白发三千丈！诗人用极其浪漫夸张的手法，写出自己内心漫长的愁绪。"愁"乃诗胆。唐诗中常常对时间表示无奈，这与西方常常用"死亡"和"爱情"来表现"时间没有了"迥然不同，唐诗是用风花雪月的无常，用头发的黑变白，表现对时间的无奈，恰就是这么一个"愁"字！

塞下曲

李　白

五月天山雪，无花只有寒。

笛中闻折柳，春色未曾看。

晓战随金鼓，宵眠抱玉鞍。

愿将腰下剑，直为斩楼兰。

【咏诗感怀】

往事越千年，吾老在想，一杆竹管笔偶然涂画的诗文，竟能把大千世界里一个个生僻角落，变成人人心中的故乡，如白帝城、岳阳楼、寒山寺，还有这首诗中的天山雪，其魔力究竟在何处？

吾自天山来，朝阳下的五月天山雪，乃无与伦比的天下美景；戍边卫国的天山人，个个都是雪山埋忠骨、马革裹尸还的忠烈之士。这首诗之所以能流传千古，就在于它颂扬了天山的雄奇、天山的风骨，就在于它记载了赴身疆场、前赴后继、为国杀敌的历史豪迈。其魔力就在这里！

清溪行

李 白

清溪清我心，水色异诸水。
借问新安江，见底何如此。
人行明镜中，鸟度屏风里。
向晚猩猩啼，空悲远游子。

【咏诗感怀】

景孕诗飞，诗助名扬。中国当今许多文化名城，除了自然优势外，多由唐诗"捐助"而成，如安徽贵池是也。贵池自古乃风景胜地，景点多集中在清溪和秋浦沿岸。

有朋友昨日称，自古哪里山清水秀，哪里必有文人趋之。吾答曰：是也。贵池这么一个偏僻小县城，素有"千载诗人地"之称，故令这座小城以"文化历史名城"的美誉飞扬中外。这当中，恐怕李白的这首诗起到了不小的作用，两句"人行明镜中，鸟度屏风里"，一下子将贵池抬上了如镜似屏的境地，谁人不向往？谁人不趋之？只是诗人此时的心境受其落魄的人生际遇和时代风云的影响，尽管眼前景色迷人，诗中依然留下了当年李白作诗时的落寞郁闷情绪。

放眼望去，无论是黄鹤楼，还是岳阳楼，无论是滕王阁，还是蓬莱阁，哪一处没留下过古来圣贤的名篇佳句、奇绝文字？这些文字让建筑成为名扬天下的文化古迹，更重要的是它们也穿越时空，陶冶了一代又一代华夏民族的情操。

夜宿山寺

李 白

危楼高百尺，手可摘星辰。

不敢高声语，恐惊天上人。

【咏诗感怀】

有道是，诗歌是人的性情。这首诗写得既风趣又有灵性，仿佛信口开河，奔涌而出，上天入地，信马由缰，一如李白奔放恣肆的性情。最令人赞叹的是，语言朴素自然，却十分生动形象。开口一个"危"字，极言楼高，"高"得危险吓人，可顺手摘到星星，更不敢高声喧哗，怕惊扰了天上的神仙。想象力突兀，但又不觉得夸张。真是妙不可言，情趣无限！

春日醉起言志

李　白

处世若大梦，胡为劳其生。

所以终日醉，颓然卧前楹。

觉来眄庭前，一鸟花间鸣。

借问此何时，春风语流莺。

感之欲叹息，对酒还自倾。

浩歌待明月，曲尽已忘情。

【咏诗感怀】

　　若要吾为唐代诗人排一个座次，位列第一名的非李白莫属！他的每一首诗都如同是在一张白纸上面天马行空的足迹，他留给我们那么多充满青春气息和丰富想象力的诗句，留给我们那么多已成为自身文化的咏叹，可以寄托我们空缺的心灵上的解放与追求。

　　整日漂浮于浩瀚无垠的唐代诗海中，就好像沉浸在一种全新的精神家园中，能获得某种精神价值上的排解与升华。如今，越来越多的人住上了大房子、好房子。但却缺少"精神寓所"，都面临精神上的"房地产泡沫"。

秋风词

李 白

秋风清，秋月明，

落叶聚还散，寒鸦栖复惊。

相思相见知何日，此时此夜难为情！

入我相思门，知我相思苦。

长相思兮长相忆，短相思兮无穷极。

早知如此绊人心，何如当初莫相识。

【咏诗感怀】

　　这是一首以女子的口吻述说心中相思之苦的诗，倾吐一段刻骨铭心的爱，抒发一腔难以割舍的恋！无独有偶，民国四公子之一的张伯驹，当年也曾被一名年仅十七岁少女的美颜芳姿勾去魂魄，深陷相思之中，夜不能寐，即吟作小令一首，抒发心中的苦恋和爱情：明月，明月，明月照人离别。柔情似有还无，背影偷弹泪珠。珠泪，珠泪，落尽灯花不睡。

　　有人称李白是"灵魂的诗人"，吾极认同。他的诗嬉笑怒骂，直抒胸臆，无拘无束，天马行空，就如同这首《秋风词》，把个秋风描绘得如此凄凉：落叶、寒鸦、苦夜，一片悲切之情，满腔哀叹之忧！

语言是心所发出的声音。自古以来没有哪个口是心非而诗能做好的人。能流传至今的唐诗，吾以为，多半是正人君子的作品，都是发自肺腑、直抒胸臆之作。为诗之道，在彰显人的灵性，抒发个人的情感。这首《秋风词》，正是借秋风落叶之哀，叙说诗人心底不可割舍的恋情与思念，仅此而已！

　　吟此诗如行云流水一般流畅，似金玉之声一般鸣响。诗歌要有音节之美，有声无韵，这叫敲打瓦盆。所谓"声依永""律和声"，是说声韵要讲究自然悠远，音律、声音贵在协调。能做到这一点的不多。

上李邕

李　白

大鹏一日同风起，扶摇直上九万里。
假令风歇时下来，犹能簸却沧溟水。
世人见我恒殊调，闻余大言皆冷笑。
宣父犹能畏后生，丈夫未可轻年少。

【咏诗感怀】

　　李白清高狂傲，毕生自比"大鹏"。大鹏是《庄子·逍遥游》中的神鸟，传说这只神鸟奇大无比："不知其几千里也"，"其翼若垂天之云"，翅膀拍下水就是三千里，扶摇直上，可高达九万里。大鹏鸟是庄子哲学中自由的象征，理想的图腾。这首诗借大鹏之形象，抒发青年李白昂扬向上的冲天斗志，傲视天下的壮怀雄心。全诗气势如虹，大有长江后浪推前浪的勃勃英气：孔丘尚畏后生，谁敢轻视青年？少年强，当中国强！青年人好像八九点钟的太阳，希望寄托在他们身上。此诗如千尺瀑布，飞奔而下，一气呵成，挥洒的是真性情，倾吐的是肺腑言。吟之令人痛快，诵之令人敞亮。

　　唐代是古典诗歌的黄金时代，而李白的诗则代表了唐诗最高艺术成就。有道是，韩柳文、迁光史、苏辛词、李杜诗就是中国文学的象征。吟诵、推敲唐诗三百首，吾以为，李白的诗无论格调、气

99

势、韵味、节奏、章法、笔法等均达到了标志性的、别人无法超越的水准。所谓诗人气质，是一种不食人间烟火而又才华横溢的表现。而李白，正是这种浑身上下、里里外外洋溢着诗人气质的真正诗人！

赠汪伦

李 白

李白乘舟将欲行，忽闻岸上踏歌声。
桃花潭水深千尺，不及汪伦送我情。

【咏诗感怀】

唐代以"离别"为题材的诗歌多如牛毛，其中的佼佼者亦为数众多。唯李白的这首离别诗一扫"多情自古伤离别"的基调，欢快轻松，情深动人。你瞧，隐居桃花潭的汪伦恋恋不舍地唱着山歌，踏地奏拍节为李白送行。李白的船渐渐远去，他回过头来，看见汪伦仍站在岸边，向他不住地挥手。深受感动，诗兴大发，一首《赠汪伦》，精彩飞扬：桃花潭水深千尺，不及汪伦送我情！盖因为这首诗，"桃花潭水"就成为后人抒写别情的典故。

山中问答

李　白

问余何意栖碧山，笑而不答心自闲。

桃花流水窅然去，别有天地非人间。

【咏诗感怀】

　　诗这种体裁是用来抒写性情的。李白典型一个性情中人，这首《山中问答》就突显了诗人一副闲卧桃花流水之中、悠然自得、超然世外的性情与心境。尤令人赞叹的是，诗句用的全是家常话、口头语，流畅自然。虽浅显，却意味深长。

　　常言道，非名山不留仙住，是真佛只说家常。李白真不愧为诗坛真仙也！

独坐敬亭山

李 白

众鸟高飞尽，孤云独去闲。
相看两不厌，只有敬亭山。

【咏诗感怀】

诗乃心境的反映。诗人作此诗时已岁逾花甲，在经历各种磨难之后，李白第七次，也是最后一次来到宣城。形只影单，兀自一人步履蹒跚地爬上敬亭山，独坐许久，触景生情，十分伤感，情不自禁地吟下了《独坐敬亭山》这首千古绝唱。这首诗一上来就给人一种孤独凄凉的感觉，又是"孤云"，又是"独坐"，又是"静"，又是"闲"，溢满落寞的气氛。情中景，景中情矣。

于五松山赠南陵常赞府

李 白

为草当作兰，为木当作松。

兰秋香风远，松寒不改容。

松兰相因依，萧艾徒丰茸。

鸡与鸡并食，鸾与鸾同枝。

拣珠去沙砾，但有珠相随。

远客投名贤，真堪写怀抱。

若惜方寸心，待谁可倾倒。

虞卿弃赵相，便与魏齐行。

海上五百人，同日死田横。

当时不好贤，岂传千古名。

愿君同心人，于我少留情。

寂寂还寂寂，出门迷所适。

长铗归来乎，秋风思归客。

【咏诗感怀】

这是诗人于天宝十三年（754）游铜陵五松山时，赠予好友南陵县丞常赞的一首五言古诗。诗人手物寓意，借松兰明志，用典喻义抒怀，宣明自己高洁傲岸的内心世界及与常赞的松兰之交。全诗满含深情，以诗言志，做人立世，当如寒松幽兰。

下终南山过斛斯山人宿置酒

李 白

暮从碧山下，山月随人归。

却顾所来径，苍苍横翠微。

相携及田家，童稚开荆扉。

绿竹入幽径，青萝拂行衣。

欢言得所憩，美酒聊共挥。

长歌吟松风，曲尽河星稀。

我醉君复乐，陶然共忘机。

【咏诗感怀】

　　此时此刻，怀揣着中国历史文化的悠久魅力，吟诵李白的这首名篇，苍山松风、绿竹幽径，把酒对饮、欢言忘机，仿佛本人就置身其中，禁不住心涌波澜！

春 思

李 白

燕草如碧丝，秦桑低绿枝。

当君怀归日，是妾断肠时。

春风不相识，何事入罗帏？

【咏诗感怀】

唐诗中不乏描写女人的篇章，但多是愁怨无尽、苦海无边的女性，折射出那个时代作为女性的不幸现实，这首亦不例外。这位少妇忠于所爱、坚贞不二的高尚情操，借助春光，抒发得淋漓尽致，令人感动！

清平调（其一）

李 白

云想衣裳花想容，春风拂槛露华浓。
若非群玉山头见，会向瑶台月下逢。

【咏诗感怀】

　　这是一首脍炙人口之作，尤其"云想衣裳花想容"一句，被许多人所熟记。以云霞比衣服，以花比容貌，为中国文学之首创。闭月羞花之貌，兰桂馨香之美，都是以花做基础、做前提的。据说，唐玄宗在宫中栽种了名贵的牡丹，到了花开时节，满园姹紫嫣红，缤纷一片，美艳极了。有一天，唐玄宗和杨贵妃两人，带着宫中最著名的乐师李龟年，兴致勃勃地来到沉香亭赏花。面对如此的良辰美景、赏心乐事，怎么可以没有音乐呢？于是急召翰林学士李白进宫写新乐章，李白下笔如飞，一挥而就，写了三首《清平调》呈上，这是其中最叫好的一首。诗中采用云、花、露、玉山、瑶台、月色等一色素淡字词，夸赞杨贵妃之姿容，好似春风满纸，花光满眼，淡雅幽香扑鼻而来。

清平调（其三）

李　白

名花倾国两相欢，长得君王带笑看。
解释春风无限恨，沉香亭北倚阑干。

【咏诗感怀】

这是一首赞美唐玄宗与杨贵妃爱情故事的写真诗，春光满纸，花光满眼，如胶似漆，风流优雅，旖旎动人，字字得沉香亭真境也。岂能不脍炙千古！

众所周知，唐玄宗与杨贵妃的爱情故事，最终是以悲剧收尾的，故特别凄美，更能打动人。其实，流传至今的中外爱情故事，多是悲剧，罕有喜剧，如梁山伯与祝英台、白蛇传、罗密欧与朱丽叶等等。它提供给今人一条颠覆不灭的创作规律：艺术之魅力，一不分喜与悲，二不分正与负。

金陵酒肆留别

李 白

风吹柳花满店香，吴姬压酒唤客尝。
金陵子弟来相送，欲行不行各尽觞。
请君试问东流水，别意与之谁短长。

【咏诗感怀】

虽唐代距今相隔数千年，物质世界昔非今比，但精神世界，诸如爱恨情仇、喜怒哀乐，尤其审美价值取向，几乎如出一辙，相辅相成，一脉相通。

眼下，细细品味李白的这首漂亮的《金陵酒肆留别》，一种生活中的喜悦与情趣扑面而来：春天来了，风吹着柳絮四处飞。卖酒的江南女孩"吴姬"，深情地款待客人，"压酒唤客尝"。李白要离开南京了，当地的读书人纷纷来相送，"欲行不行各尽觞"。应该走了，可是大家都不走，继续喝，越喝越尽兴。"请君试问东流水，别意与之谁短长。"友人问诗人"你这次走，离开我们会不会难过？"李白答："你去问问长江水，我与你们离别的愁绪，比长江水还要长呢！"与"桃花潭水深千尺，不及汪伦送我情"如出一辙。

长相思

李　白

长相思，在长安。

络纬秋啼金井阑，微霜凄凄簟色寒。

孤灯不明思欲绝，卷帷望月空长叹。

美人如花隔云端！

上有青冥之高天，下有渌水之波澜。

天长路远魂飞苦，梦魂不到关山难。

长相思，摧心肝！

【咏诗感怀】

　　这是一首抒发思念情人、令人肝肠俱焚的诗篇。思念，自古以来都是文学不可或缺的重要主题，历代描写相思的诗章举不胜举。然李白的这首《长相思》，将"相思"化作在天长地远中游荡着的灵魂，飞在无边无垠的蓝天上，飞在浩浩荡荡的波澜上，将无尽的情感放到了一个无穷的空间中。长相思啊长相思，每每相思摧心肝！话虽尽而情未绝，反复咀嚼，更显荡气回肠！

　　不过，这首《长相思》中的相思在"长安"，相思的对象是"美人"，古代经常用"美人"比喻所追求的理想，"长安"这个特定的地点更加暗示"美人"在这里是个政治托寓，表明此诗目的在于抒发诗人追求政治理想而不能的郁闷之情。

古风（其一）

李　白

大雅久不作，吾衰竟谁陈？

王风委蔓草，战国多荆榛。

龙虎相啖食，兵戈逮狂秦。

正声何微茫，哀怨起骚人。

扬马激颓波，开流荡无垠。

废兴虽万变，宪章亦已沦。

自从建安来，绮丽不足珍。

圣代复元古，垂衣贵清真。

群才属休明，乘运共跃鳞。

文质相炳焕，众星罗秋旻。

我志在删述，垂辉映千春。

希圣如有立，绝笔于获麟。

【咏诗感怀】

　　这是一首以诗论诗之作，系《李太白集》中位列卷首的重要诗篇，历来受到文学史家和诗论家的高度重视，但却未被选入《唐诗三百首》各种版本中。

　　纵观全篇，诗中回眸了自《诗经》《离骚》以来中国诗歌发展

111

趋向，俯瞰了中国诗歌的成长历程，批判了六朝竞尚绮丽的文风，抒发了诗人复振盛世之音的恢宏志向。纵横捭阖，文如联珠，鸿文无范矣！

送友人入蜀

李 白

见说蚕丛路，崎岖不易行。
山从人面起，云傍马头生。
芳树笼秦栈，春流绕蜀城。
升沉应已定，不必问君平。

【咏诗感怀】

　　这首诗风格清新俊逸，笔力开阔顿挫，对仗精工严整，被推崇为"五律正宗"。李白之所以雄霸华夏千古诗坛，迄今无人能够超越，恰恰是官场极力排斥他的结果。有道是，东方不亮西方亮，李白一生仕途坎坷，逼迫他不得不浪迹天涯，从而激发、调动起他无与伦比、光耀千古的诗才。据说，李白一辈子写下五千至一万首诗，诗如泉涌，一发而不可止。

怨　情

李　白

美人卷珠帘，深坐蹙蛾眉。
但见泪痕湿，不知心恨谁？

【咏诗感怀】

　　诗人笔力太豪健，往往短于言情。唯李白这位千古诗仙，两栖诗人也！豪健时，黄河之水天上来，横空盘硬语，大气磅礴，尽显日月气势；言情时，秋风吹不尽，总是玉关情。娇喘悲嘤，哀秋悯月，天怜自怜，惺惺相惜，浓情深藏。

登金陵凤凰台

李 白

凤凰台上凤凰游，凤去台空江自流。

吴宫花草埋幽径，晋代衣冠成古丘。

三山半落青天外，一水中分白鹭洲。

总为浮云能蔽日，长安不见使人愁。

【咏诗感怀】

　　杜甫有两句描绘李白的名句："痛饮狂歌空度日，飞扬跋扈为谁雄！"在吾看来，这是对李白一生的真实写照。诗人登上凤凰台，眼观四野，一片萧瑟景象，历史似浮云，英雄豪杰转头空！

黄鹤楼送孟浩然之广陵

李 白

故人西辞黄鹤楼，烟花三月下扬州。
孤帆远影碧空尽，唯见长江天际流。

【咏诗感怀】

　　人逢喜事精神爽，作诗亦然。这首离别赠诗一扫传统离别诗的忧伤之习，充满喜悦，充满希冀，充满诗情画意。毋庸置疑，此刻作者的心情一定风清气爽。一查资料，果不其然。此次李白与孟浩然分别之时，恰逢开元盛世，政通人和，百废俱兴，太平而又繁荣。告别的季节又在春意最浓的烟花三月，而且从黄鹤楼顺着长江而下，这一路都是繁花似锦。百事顺遂，世情、心情俱佳。这种背景下作诗，肯定是快意萦怀，一吐为快，欢快流畅之情溢于言表。

九日登望仙台呈刘明府容

崔　曙

汉文皇帝有高台，此日登临曙色开。

三晋云山皆北向，二陵风雨自东来。

关门令尹谁能识，河上仙翁去不回。

且欲近寻彭泽宰，陶然共醉菊花杯。

【咏诗感怀】

　　有道是，愤怒出诗人。岳飞怀着愤世嫉俗的心情写下千古名篇《满江红》；鲁迅愤于对国人"哀其不幸，怒其不争"的心情，终成一代大师。类似的例子举不胜举，所谓"愤怒"，就是要有澎湃的激情，对恶，疾恶如仇；举善，爱心如火。真正的文人皆为性情中人：见景起兴，睹物思人，方能文思如泉涌。一如这首诗，倦世之意弥漫纸背。登高望远，即生思古之忧，感叹富贵荣华转瞬即逝，奔波仕途徒劳无功，莫如学循陶渊明，采菊东篱下，饮茶饮酒以自娱。

次北固山下

王 湾

客路青山外，行舟绿水前。
潮平两岸阔，风正一帆悬。
海日生残夜，江春入旧年。
乡书何处达？归雁洛阳边。

【咏诗感怀】

这首诗不一定人人会背，但其中的名句，如"潮平两岸阔，风正一帆悬""海日生残夜，江春入旧年"却广播四方，诵之者众，引之者多。可以说，几乎达到家喻户晓的程度。尤其文人，更是对此表达出极度钦羡之情。据说，时任宰相的张悦亲自将"海日生残夜，江春入旧年"两句诗，书写悬挂于宰相政事堂上，让文人学士作为学习的典范。吾以为，此诗最大的特色，在于气势宏大，视野开阔，生动地揭示了自然之规律，感悟极其深邃。虽然只是一首咏赞江南秀丽景色的山水诗，但却蕴含着博大的意境，喷射出无比强烈的艺术感召力。"潮平两岸阔，风正一帆悬"，展现在眼前是如此光明广阔的前景，怎不令人信心百倍，充满无穷力量。"海日生残夜，江春入旧年"，大自然昼夜更替，新旧相接，看似在写景，实际在揭示具有普遍意义的真理，给人以乐观、积极、向上的艺术感染力。

黄鹤楼

崔　颢

昔人已乘黄鹤去，此地空余黄鹤楼。

黄鹤一去不复返，白云千载空悠悠。

晴川历历汉阳树，芳草萋萋鹦鹉洲。

日暮乡关何处是？烟波江上使人愁。

【咏诗感怀】

　　据传，李白登临黄鹤楼本欲赋诗，因见崔颢此诗而作罢，感慨道："眼前有景道不得，崔颢题诗在上头。"吾亦来个"东施效颦"：满目烟波崔颢后，世间谁个敢言愁？

行经华阴

崔　颢

岧峣太华俯咸京，天外三峰削不成。

武帝祠前云欲散，仙人掌上雨初晴。

河山北枕秦关险，驿路西连汉畤平。

借问路旁名利客，何如此处学长生。

【咏诗感怀】

吾以为，西岳华山在五岳中最为险峻、大气，具有西部人的风骨。崔颢的这首《行经华阴》，雄浑壮阔，仙风道骨，超凡脱俗，寓意深刻，为历代诗人描写华山诗篇中最超拔最雄健的一首。吟罢此诗，更让人感叹的是，诗人的心境如深山里的湖面一般，沉寂无比。面对雄奇峻险的华山，面对挺拔峻峭、气势如虹的华山，却未因观山而壮情，反生出了淡泊名利的感慨。古今中外，有几人能做到？

凉州词

王 翰

葡萄美酒夜光杯，欲饮琵琶马上催。
醉卧沙场君莫笑，古来征战几人回？

【咏诗感怀】

这是一首家喻户晓的边塞诗。马背上弹奏琵琶，军营里开怀畅饮，葡萄酿成的美酒，胡地盛产的夜光杯……多么浓烈诱人的异域特色！加之，尽情尽致，乐而忘忧，豪放旷达的气氛，构成一幅激越与豪放的历史画卷，带给读者强烈的艺术冲击力。

燕歌行

高　适

开元二十六年，客有从御史大夫张公出塞而还者，作《燕歌行》以示适，感征戍之事，因而和焉。

汉家烟尘在东北，汉将辞家破残贼。

男儿本自重横行，天子非常赐颜色。

摐金伐鼓下榆关，旌旆逶迤碣石间。

校尉羽书飞瀚海，单于猎火照狼山。

山川萧条极边土，胡骑凭陵杂风雨。

战士军前半死生，美人帐下犹歌舞。

大漠穷秋塞草腓，孤城落日斗兵稀。

身当恩遇恒轻敌，力尽关山未解围。

铁衣远戍辛勤久，玉箸应啼别离后。

少妇城南欲断肠，征人蓟北空回首。

边庭飘飖那可度，绝域苍茫更何有。

杀气三时作阵云，寒声一夜传刁斗。

相看白刃血纷纷，死节从来岂顾勋。

君不见沙场征战苦，至今犹忆李将军。

【咏诗感怀】

本诗作者高适是与岑参齐名的唐代著名边塞诗人，这首诗被公认为其代表作。吟罢此诗，吾想说的是，如此深刻生动地展示边塞战事场面，使读者如临其境、如闻其声。如此深刻地揭露主将骄逸轻敌，不恤士卒，致使战事失利的致命本质，令读者振聋发聩，幡然醒悟。诗人若不是身先士卒、亲上火线，若没有同将士一起拼杀、出生入死，若没有长期在边塞战斗生活的亲身经历，是无论如何写不出不出这种现场感的。尤其"战士军前半死生，美人帐下犹歌舞"二句，矛头所指，如同"朱门酒肉臭，路有冻死骨"所揭露的那个时代本质一样，震撼山岳，警世骇俗，荡起悠远的历史回响，诗人如若没有对战士悲惨命运的无比同情，没有对朝廷腐败的深恶痛绝，是无论如何写不出具有如此丰厚内涵的诗句的。

别董大（其一）

高　适

千里黄云白日曛，北风吹雁雪纷纷。
莫愁前路无知己，天下谁人不识君？

【咏诗感怀】

欲觅知音自古难，七条弦上五音寒。天下茫茫凤尾在，子期不在有人弹。

春 思

皇甫冉

莺啼燕语报新年，马邑龙堆路几千。

家住层城临汉苑，心随明月到胡天。

机中锦字论长恨，楼上花枝笑独眠。

为问元戎窦车骑，何时返旆勒燕然。

【咏诗感怀】

这实质上是一首边塞诗。只是入诗的角度由怨妇的心声说起，气象纤小，不如岑参、王昌龄等的边塞诗气势如虹罢了。

这哪里是在写"春思"啊？"莺啼燕语"，原本是春光明媚大好时光的象征；新年迎春，实乃亲人团聚的时辰，如此良辰美景，却因为夫妻俩一个在汉，一个在胡，彼此相隔万里，而不得相聚：锦字论长恨，花枝笑独眠——这纯粹是春天的愁思，绵绵无尽！想念与无奈，冥思与怨艾，意境全出。

这里，需要特别指出的是，凡唐代的边塞诗，多与新疆相连，这首诗中的"龙堆"，就在今新疆天山南路。说明自古新疆与内地丝丝相扣，密不可分！

逢雪宿芙蓉山主人

刘长卿

日暮苍山远，天寒白屋贫。
柴门闻犬吠，风雪夜归人。

【咏诗感怀】

　　诗的成败，基在意境。吟此诗，一种山乡野趣、冷峻超拔的意境扑面入怀，一颗躁动的心立马平静下来。风雪声、犬犬声、叩门声，交织在一起，在山野中回响，不觉得吵，反愈觉得静；寒冷的夜空，简陋的茅舍，你不觉得可怜，反愈觉得高洁。诗中有画，画外见情，这就是艺术，诗的艺术。

听弹琴

刘长卿

泠泠七弦上，静听松风寒。
古调虽自爱，今人多不弹。

【咏诗感怀】

咏诗听琴，马上联想到白居易的《琵琶行》，两者有异曲同工之妙。一个把七弦琴奏出的清凉悠扬的曲调，比作那滚滚的松涛声；一个将琵琶弹出激愤幽怨的曲调，堪比无数大大小小的珠子落在晶莹剔透玉盘中；一个如水流石上，风来松下，旋起一阵幽清肃穆之风；一个如珠直泄，玉盘叮咚，乍起一片悦耳醉心之声。怎不令人陶醉！

送灵澈上人

刘长卿

苍苍竹林寺，杳杳钟声晚。
荷笠带斜阳，青山独归远。

【咏诗感怀】

　　上人，乃唐代对僧侣的敬称。灵澈上人，唐代著名僧人。这首《送灵澈上人》，属中唐山水诗的名篇之一，被蘅塘退士选入其编撰的《唐诗三百首》中，可见其魅力。古寺、斜阳、青山、钟声、灵澈的背影……幽远疏淡，精美如画，字字具匠心，令人回味无穷。

送方外上人

刘长卿

孤云将野鹤，岂向人间住。
莫买沃洲山，时人已知处。

【咏诗感怀】

这首五言绝句，写得超凡脱俗，孤云、野鹤，皆出尘之物，冰清玉洁，犹如一片冰心在玉壶。禁不住咏诗感怀，志在远山凌绝顶，不向胜景沽虚名。

新年作

刘长卿

乡心新岁切，天畔独潸然。

老至居人下，春归在客先。

岭猿同旦暮，江柳共风烟。

已似长沙傅，从今又几年。

【咏诗感怀】

倏尔忆起这首刘长卿的《新年作》。如今再吟，依然是"乡心新岁切"。但更多的是扪心自问：从今又几年？岁月催人老。"长沙傅"，指长沙太傅贾谊。贾谊是洛阳才子，有济世匡时之志，初出茅庐，即遭权贵宿老的谗毁，疏放为长沙太傅。

长沙过贾谊宅

刘长卿

三年谪官此栖迟，万古惟留楚客悲。

秋草独寻人去后，寒林空见日斜时。

汉文有道恩犹薄，湘水无情吊岂知？

寂寂江山摇落处，怜君何事到天涯。

【咏诗感怀】

    整日游荡于唐代诗林之中发现，其中不乏大量吟咏汉代人物的诗篇，尤以吟咏西汉初年大政治家、杰出骚体诗人贾谊的诗作居多。刘长卿这首《长沙过贾谊宅》借怜贾以自怜，吊古讽今罢了。

相思怨

李 冶

人道海水深，不抵相思半。
海水尚有涯，相思渺无畔。
携琴上高楼，楼虚月华满。
弹著相思曲，弦肠一时断。

【咏诗感怀】

以五言诗见长的李冶，有"女中诗豪"之称。人长得漂亮、贤淑，琴棋书画又样样擅长，真正的才女也。但不知何故，小小年纪就遁入道门，过着孤灯一盏、黄经一卷的落寞生活。随着年龄渐长，虽身在庵内，却嫌空门太闷，与民国初期的俊才和尚苏曼殊一样，出世情未绝，入世意未定。只要一有闲暇，就跑去与知名作家陆羽、著名诗人刘长卿等相会倾谈，情投意合，常常吟诗应答，互诉衷肠。这首《相思怨》就是在这期间写成的。但至今也不知她究竟是向哪位才子倾诉的衷肠？诗中道：海水深不见底，却抵不过相思的一半。海水浩渺总有尽头，为何相思缥缈游荡却找不到停泊的港湾？人世无常，相爱终成一场梦。一缕相思，一世难尽！

金缕衣

杜秋娘

劝君莫惜金缕衣，劝君惜取少年时。

花开堪折直须折，莫待无花空折枝。

【咏诗感怀】

珍惜时光，莫待他日。这是此诗警示后人的至理名言。

旅夜书怀

杜 甫

细草微风岸，危樯独夜舟。
星垂平野阔，月涌大江流。
名岂文章著，官因老病休。
飘飘何所以，天地一沙鸥。

【咏诗感怀】

这首诗乃诗人暮年漂泊凄苦际遇的真实写照。前四句塑造了一个宏阔非凡、宁静孤寂的江边夜景，后四句抒怀，表达了诗人内心漂泊无依的凄苦之情与无限感慨。尤其"星垂平野阔，月涌大江流"两句，开襟旷远，雄浑阔大，极其传神，为后人所传诵。

蜀 相

杜 甫

丞相祠堂何处寻，锦官城外柏森森。

映阶碧草自春色，隔叶黄鹂空好音。

三顾频烦天下计，两朝开济老臣心。

出师未捷身先死，长使英雄泪满襟！

【咏诗感怀】

诸葛亮雄才伟略，历史大人物也，可惜出师未捷身先死。用今天的话形容，杜甫是诸葛亮的铁杆粉丝，对诸葛亮佩服得五体投地。此刻游览武侯祠，更是触动极大，感物思人，所怀者大，所感者深，故才能写出如此沉挚悲壮的诗篇来。

望 岳

杜 甫

岱宗夫如何？齐鲁青未了。
造化钟神秀，阴阳割昏晓。
荡胸生层云，决眦入归鸟。
会当凌绝顶，一览众山小。

【咏诗感怀】

　　这首五言古诗的最后两句："会当凌绝顶，一览众山小"，几乎无人不知，无人不晓。表达了敢于攀登人生顶峰的伟大抱负与坚定志向，与孔子所言"登东山而小鲁，登泰山而小天下"，有异曲同工之妙，激励过无数仁人志士。其实，这是青春时代的杜甫描写泰山雄伟的气势与神奇景色的一首观景诗，从"望"字落笔，由远望到近望，再到凝望，最后是俯望。着力表现的是诗人的感受，借以抒发诗人勇于攀登、豪情万丈的雄心壮志，颇有兼济天下的浪漫主义情怀。

登 高

杜 甫

风急天高猿啸哀，渚清沙白鸟飞回。

无边落木萧萧下，不尽长江滚滚来。

万里悲秋常作客，百年多病独登台。

艰难苦恨繁霜鬓，潦倒新停浊酒杯。

【咏诗感怀】

很显然，这首诗是诗人在心情极度不佳的情况下，面对萧瑟的秋江景色，触景生情，触发出的一腔感伤与悲痛。然而，大师笔下的悲痛与伤感却是那样的苍凉阔大、高浑一气、雄壮高爽，似给人一种风萧萧兮易水寒的冲击力！尤其"无边落木萧萧下，不尽长江滚滚来"，何等的气势！何等辽阔！明代胡应麟对此诗所作评价精准极了：全诗"五十六字，如海底珊瑚，瘦劲难名，沉深莫测，而精光万丈，力量万钧。通章章法、句法、字法，前无昔人，后无来学，微有说者，是杜诗，非唐诗耳。然此诗自当为古今七言律第一，不必为唐人七言律第一也"。

秋兴（其一）

杜　甫

玉露凋伤枫树林，巫山巫峡气萧森。

江间波浪兼天涌，塞上风云接地阴。

丛菊两开他日泪，孤舟一系故园心。

寒衣处处催刀尺，白帝城高急暮砧。

【咏诗感怀】

这是杜甫的组诗《秋兴》八首中的第一首，是诗人晚年困居三峡入口处的夔州时所作。第一首是组诗的领起之作，通过对巫山巫峡的秋色秋声的形象描绘，烘托出阴沉萧森、动荡不安的环境氛围，令人感到秋色秋声、扑面惊心。抒发了诗人忧国思乡和孤独抑郁的心境。

月夜忆舍弟

杜 甫

戍鼓断人行，边秋一雁声。
露从今日白，月是故乡明。
有弟皆分散，无家问死生。
寄书长不达，况乃未休兵！

【咏诗感怀】

边塞的秋日，闻戍鼓，听雁声，见寒露，感物伤怀，思念家乡亲人，句句情深意切，字字凄楚哀伤。

闻官军收河南河北

杜 甫

剑外忽传收蓟北，初闻涕泪满衣裳。
却看妻子愁何在，漫卷诗书喜欲狂。
白日放歌须纵酒，青春作伴好还乡。
即从巴峡穿巫峡，便下襄阳向洛阳。

【咏诗感怀】

　　这是一首脍炙人口的名作。唐代宗宝应二年（763），历经八年的安史之乱终于结束，躲避于四川梓州年届五十二岁的杜甫得知消息，欣喜欲狂，提笔写下了这首痛快淋漓的著名诗篇。诗人以饱含激情的笔墨，奔涌直泻，如黄河之水天上来，毫无滞塞，被后人称之为"杜甫生平第一首快诗也"。从我们读过的《春望》《石壕吏》等诗篇中所饱含的诗人忧国爱民的思想感情看出，杜甫是一位伟大的爱国诗人，他的思想感情始终和国家、人民紧紧相连。当他听到长达八年祸国殃民的安史之乱得到平息时，肯定大喜若狂，兴奋地涕泪俱下。诗人以泪写出了心中的喜，高兴得欲饮酒高歌庆贺一番；接着又想到此时他和失去家园的众生一样，终于可以还乡了。于是，他长期忧国怜民的郁闷心绪和对国泰民安的企盼，此时此刻一下子喷涌而出。

江南逢李龟年

杜 甫

岐王宅里寻常见，崔九堂前几度闻。

正是江南好风景，落花时节又逢君。

【咏诗感怀】

李龟年是唐玄宗初年（712）的著名歌手。"岐王宅里"与"崔九堂前"是鼎盛开元时期文艺名流经常雅聚的地方，诗人与李龟年亦常常出入这里，并互为欣赏，情深谊笃。时光飞驰，多少年过去了，诗人重返故地，可呈现在眼前却是"落花时节"和落荒飘零的白首艺人，一派物是人非的景象，伤感不已，禁不住发出如此深沉的慨叹。既有对往日盛景的无限眷恋，又有对时运的衰颓、身世沉沦痛定思痛的悲哀。悄然数语，可抵白居易一篇《琵琶行》矣。

石壕吏

杜　甫

暮投石壕村，有吏夜捉人。

老翁逾墙走，老妇出门看。

吏呼一何怒！妇啼一何苦！

听妇前致词：三男邺城戍。

一男附书至，二男新战死。

存者且偷生，死者长已矣！

室中更无人，惟有乳下孙。

有孙母未去，出入无完裙。

老妪力虽衰，请从吏夜归。

急应河阳役，犹得备晨炊。

夜久语声绝，如闻泣幽咽。

天明登前途，独与老翁别。

【咏诗感怀】

　　此诗吾读初中时习之，迄今仍能背得滚瓜烂熟。何以？盖因讲述一个凄惨的真实故事："二男新战死""室中更无人""出入无完裙""老妪力虽衰，请从吏夜归""如闻啼幽咽""独与老翁别"深镌时代印记与社会心酸。今日吟之，仍鼻酸眼湿！此诗之魅力，在于深刻揭露了封建统治的无比残暴与毫无人性，生动地绘制了一幅活生生、血淋淋的中国封建社会图。不论其文学价值还是史学价值均无与伦比！

不 见

杜 甫

不见李生久，佯狂真可哀！
世人皆欲杀，吾意独怜才。
敏捷诗千首，飘零酒一杯。
匡山读书处，头白好归来。

【咏诗感怀】

若欲感受中国文学的极端丰富，就来读唐诗吧。毫不夸张地说，唐诗把人的喜怒哀乐挥洒到了极致，把恋情离愁喷涌到了极致，把山川湖泊推崇到了极致。"唐诗让中国语文具有了普遍的附着力、诱惑力、渗透力，并让它们笼罩九州、镌刻山河、朗朗上口。"就如同这首诗，用最强烈的方式展现了对友情的忠贞不贰，真切至极，对挚友的思念，动天地，泣鬼神！咏诵此诗，浑身溢满了人间大爱真情，谁人不喜欢？吾想，倾听者的范围早已超越了文苑、学界，属于全民性的诗歌。因为，对朋友的忠贞乃古今一致的追求。

月 夜

杜 甫

今夜鄜州月，闺中只独看。

遥怜小儿女，未解忆长安。

香雾云鬟湿，清辉玉臂寒。

何时倚虚幌，双照泪痕干。

【咏诗感怀】

吾以为，上溯千古，中国从来没有一位文人，能像杜甫这样用如此多的经典诗句来述说苦难承受者的不幸与无奈的，他留给我们的诗篇大都是和着泪水的笔墨，亦是他颠沛流离一生的生动写照。有人说，诗是痛苦的结晶。杜甫的诗就是印证。

数十年来，此诗读了一遍又一遍，虽描绘的全是苦景、苦人、苦心、苦情，但越品越觉得情深意切，美在其中：美以苦相衬，美以苦为背景！

望月思妻小，抒离情，婉转深切，忧叹愁思，一如诗评家所言："五律至此，无忝诗圣矣！"

绝 句

杜 甫

两个黄鹂鸣翠柳，一行白鹭上青天。

窗含西岭千秋雪，门泊东吴万里船。

【咏诗感怀】

推开窗：皑皑雪岭，山舞银蛇；打开门，万里海江，千帆竞发。此乃何等气势！何等胸襟！唐诗中此种坦荡无垠的气势，浩大万象的气魄，往往令读者雄心勃起，俯视天下，情不由己！

天末怀李白

杜　甫

凉风起天末，君子意如何？

鸿雁几时到，江湖秋水多。

文章憎命达，魑魅喜人过。

应共冤魂语，投诗赠汨罗。

【咏诗感怀】

　　杜甫写过很多怀念李白的诗。自杜甫与李白结交之后，彼此都倍感相见恨晚，甚至到了"醉眠秋共被，携手日同行"的份上。杜甫的这首因秋风感兴而怀念好友李白的抒情诗，低回婉转，殷殷切切，足见两人之间真挚深厚的友谊。并由李白及自己的曲折命运引发出对历史的质问：为什么自古才华横溢、正派耿直之士屡遭陷害、命运多舛，而奸佞无耻的小人反倒平步青云？

春 望

杜 甫

国破山河在，城春草木深。
感时花溅泪，恨别鸟惊心。
烽火连三月，家书抵万金。
白头搔更短，浑欲不胜簪。

【咏诗感怀】

　　这哪里是在"春望"，纯粹是对春天的忧愁伤感！国家已不复存在，眼前的花红柳绿、飞絮飘荡更令人触景生悲，忧伤国事，眷念家人。真不愧为千古绝唱！唐代诗人中，吾尤喜爱杜甫。从来没有一个文人像他那样对苍生大地投入极大的关爱与同情，没有像他那样时时刻刻怀揣一颗忧世爱民的心，没有像他那样句句字字饱含浑厚真挚的情感！

　　杜甫一生写下一千多首诗，这首《春望》应在其最著名的十首诗之列。杜甫是中国文学史上最伟大的现实主义诗人之一，这一点恐怕是没有争议的。中国现代文化史上广有建树的郭沫若先生，曾为杜甫草堂题写了"世上疮痍，诗中圣哲；民间疾苦，笔底波澜"十六字的赞誉。

　　此首《春望》，乃春天所望之所想，托感于景，寄情于物，感时伤乱，忧国忧民，字字沉着，情景兼备，"此第一等好诗"也！杜甫的诗，具有丰富的社会生活底蕴，鲜明的时代色彩和强烈的政治倾向。他的"三吏"（《石壕吏》《新安吏》《潼关吏》）、"三别"（《新婚别》《无家别》《垂老别》），以及《兵车行》《茅屋为秋风所破歌》《丽人行》《春望》等，被后人公认为史诗，形象地描绘出封建社会的生态环境。

送 远

杜 甫

带甲满天地，胡为君远行。

亲朋尽一哭，鞍马去孤城。

草木岁月晚，关河霜雪清。

别离已昨日，因见古人情。

【咏诗感怀】

　　这首诗运用白描手法将浓浓的离别之情描摹得入木三分，用浓浓的情谊来衬托尘世的悲凉和离别的那份无奈孤寂的心境。多情自古伤离别。古时交通工具落后，道路崎岖难行，因此，一旦分别动辄多年，再会难逢。千百年来，故国乡土之思，骨肉亲人之念，挚友离别之感，牵动了太多人的心弦，自然成了我国古代诗歌中歌咏的重头戏。"离别诗"作为唐代诗歌大观园中的一朵奇葩，在思想内容上，大大丰富了唐代诗歌的题材和内容；在艺术表现上，格调或豪放或含蓄，或旷达或深婉，或直露或蕴藉，或借景或托物，用语浅近，不事雕琢，真正体现了"境近意远，词浅情深"的艺术特点。

兵车行

杜　甫

车辚辚，马萧萧，行人弓箭各在腰。

爷娘妻子走相送，尘埃不见咸阳桥。

牵衣顿足拦道哭，哭声直上干云霄。

道旁过者问行人，行人但云点行频。

或从十五北防河，便至四十西营田。

去时里正与裹头，归来头白还戍边。

边庭流血成海水，武皇开边意未已。

君不闻汉家山东二百州，千村万落生荆杞。

纵有健妇把锄犁，禾生陇亩无东西。

况复秦兵耐苦战，被驱不异犬与鸡。

长者虽有问，役夫敢申恨？

且如今年冬，未休关西卒。

县官急索租，租税从何出？

信知生男恶，反是生女好。

生女犹得嫁比邻，生男埋没随百草。

君不见，青海头，古来白骨无人收。

新鬼烦冤旧鬼哭，天阴雨湿声啾啾！

【咏诗感怀】

杜少陵这首诗绝对称得上是史诗般的鸿篇巨著！它将上千年前的历史镜头捕捉到自己的诗中来，在诗意化的大悲悯中，让读者去感受历史的真实与严酷。

吾始终推崇盛唐诗，因其总体风貌特征雄壮浑厚。而于盛唐诗中尤推崇李白、杜甫这两位大家。他俩的诗格局大，气势雄，浑然天成，不露文辞斧凿痕迹，"如羚羊挂角，无迹可求"。乃盛唐诗的佼佼者！

大名鼎鼎的清代诗评家袁枚有云，欲作佳诗，先选好韵。凡其音涉哑滞者、晦僻者，便宜舍弃。唐代诗人继承并发扬了我国古代诗歌与音乐紧密结合的传统，李白、杜甫等根本不屑于用生僻的韵脚如"花"与"葩"乃同义词，但用"花"而不用"葩"，因"葩"字发音不响亮、不悦耳，音乐感、节奏感不强。抑扬顿挫的音调、错落整齐的停顿赋予了唐诗独特的音乐美。杜甫这首耳熟能详的《兵车行》，大量地运用双声叠韵词、叠音词，"叠韵如两玉相扣，取其铿锵"，"双声如贯珠相连，取其宛转"。

诗是流动的字符，歌是流动的音符，诗与歌从来是不可分的："落尽杨花郎未归，空烦刀尺制罗衣。人前怕卷珠帘看，蝴蝶一双相对飞。"诗韵悦耳，诗意凄婉，据说，诗人吟唱此诗时，与织布机的节奏相应和。音韵美，情韵更美！

饮中八仙歌

杜 甫

知章骑马似乘船，眼花落井水底眠。

汝阳三斗始朝天，道逢麹车口流涎，恨不移封向酒泉。

左相日兴费万钱，饮如长鲸吸百川，衔杯乐圣称避贤。

宗之潇洒美少年，举觞白眼望青天，皎如玉树临风前。

苏晋长斋绣佛前，醉中往往爱逃禅。

李白一斗诗百篇，长安市上酒家眠，

天子呼来不上船，自称臣是酒中仙。

张旭三杯草圣传，脱帽露顶王公前，挥毫落纸如云烟。

焦遂五斗方卓然，高谈雄辩惊四筵。

【咏诗感怀】

好喝酒而成习惯，常喝酒而成嗜好，以酒为乐，无甚不可无
酒，无酒不成其人，言其人必言酒，谓之"酒人"。纵观数千年的
中国酒文化史，有许多可以列为"酒人"的文学巨匠、思想伟人，
但他们饮酒不迷性，醉酒不违德，相反，更见情操之伟岸，品格之
清隽，更助事业之成就。

杜甫这首诗中所叹赏的酒"八仙"：贺知章、李琎、李适之、
崔宗之、苏晋、李白、张旭和焦遂，正是这类酒人！酒态之中的八

位大家，个个本性率真，憨态可掬，不同凡响。贺知章醉态可掬；汝阳王嗜酒如命；李适之海量惊人；崔宗之倜傥不群；苏晋醉酒忘禅；太白斗酒诗百篇，桀骜不驯；张旭酒入豪肠，笔走龙蛇；焦遂五斗方醉，雄谈阔论语惊四方……宛如一座座栩栩如生的酒仙、酒鬼、酒痴、酒圣群体雕像。

吾平生虽与烟酒无缘，但喜欢交结这类"酒人"。以吾观之，酒人多为性情中人，且旷达、正派。咏此诗，仿佛置身于一帮至交好友的酒宴上，亲近，贴心！

茅屋为秋风所破歌

杜　甫

八月秋高风怒号，卷我屋上三重茅。

茅飞渡江洒江郊，高者挂罥长林梢，下者飘转沉塘坳。

南村群童欺我老无力，忍能对面为盗贼，公然抱茅入竹去。

唇焦口燥呼不得，归来倚杖自叹息。

俄顷风定云墨色，秋天漠漠向昏黑。

布衾多年冷似铁，娇儿恶卧踏里裂。

床头屋漏无干处，雨脚如麻未断绝。

自经丧乱少睡眠，长夜沾湿何由彻？

安得广厦千万间，大庇天下寒士俱欢颜，

风雨不动安如山！呜呼！

何时眼前突兀见此屋，吾庐独破受冻死亦足！

【咏诗感怀】

　　吾平生第一份工作是做语文教员，授的第一堂语文课，就是这首《茅屋为秋风所破歌》。当时，正至"文革"后期，中华传统文化被视为"封资修"的东西，早已被批得体无完肤，并扫地出门。在此种时事氛围之下，这首古诗居然能死里逃生，并入选初中语文教科书中，显然是看中它的"革命性"：置身水深火热中的杜甫，却怀有"只有解放全人类，才能最后解放自己"的伟大革命志向，放眼世界上和自己一样的无房户，祈盼着有朝一日"安得广厦千万间，大庇天下寒士俱欢颜"。这是什么精神？无疑是无产阶级世界革命精神，正可以与当时统御全党、全国的意识形态——无产阶级继续革命理论上挂下联、合辙押韵，可做舶来之用，故将其选入中学语文教科书中。不容否认，当时的我，头伸在"文革"乌云中，思维自然是当时的思维，授课讲义自然与时代精神相呼应，自然烙有那个时代深深烙印。

四十年沧海桑田，四十年东南西北，四十年苦乐遍尝，今日再吟《茅屋为秋风所破歌》，虽然依旧是这般熟稔，这般亲切，依然是这般朗朗上口，这般抑扬顿挫，一字不落都背诵得出来，但阅水成川，已非前水，感悟大不相同。没了当年那种高亢激越，似有回归诗人当初写诗时的心境，饥寒交迫，苦不堪言，唯有悲愤不已；察己度人，可怜天下无房户，呼唤苍天，乞求普度众生！

佳 人

杜 甫

绝代有佳人，幽居在空谷。

自云良家子，零落依草木。

关中昔丧乱，兄弟遭杀戮。

官高何足论，不得收骨肉。

世情恶衰歇，万事随转烛。

夫婿轻薄儿，新人美如玉。

合昏尚知时，鸳鸯不独宿。

但见新人笑，那闻旧人哭。

在山泉水清，出山泉水浊。

侍婢卖珠回，牵萝补茅屋。

摘花不插发，采柏动盈掬。

天寒翠袖薄，日暮倚修竹。

【咏诗感怀】

　　这是一位被遗弃女子的长篇独白，更是一个具有时代意义的典型人物形象。这样一位出身高贵的绝代佳人，在一个人情世故随权势仰俯的社会中，盖因包裹其身的人脉权势人亡势去，命运从此一落千丈。表面上看是个人的不幸，实则揭示的是世道的无比冷酷。

可　惜

杜　甫

花飞有底急，老去愿春迟。
可惜欢娱地，都非少壮时。
宽心应是酒，遣兴莫过诗。
此意陶潜解，吾生后汝期。

【咏诗感怀】

　　这首诗没入选蘅塘退士的《唐诗三百首》，却荣登位于荷兰西部小城一道别有韵味的风景——诗墙上，其中的缘由不得而知。

　　这首小诗的情调虽非高亢，但别有洞天，极符合类似本人一样的退休人员此时此刻的境遇：人老，春归，人生几何？整日以茶会友，以诗遣兴，乐哉，悠哉，与当年醉心于青山碧水间的陶渊明足有一拼！故，吟此诗心生共鸣矣。

赠李白

杜　甫

秋来相顾尚飘蓬，未就丹砂愧葛洪。
痛饮狂歌空度日，飞扬跋扈为谁雄？

【咏诗感怀】

　　李白与杜甫，乃吾最崇拜的两位唐代大诗人，一个仙风道骨，一个以史为诗，李杜文章在，光芒万丈长！李杜合成了中国诗歌史上最灿烂的版块，迄今没有第二组人物可以取代。这首《赠李白》既形象地揭示了李白恃才自傲、狷介无比的性格和不媚权贵、一身傲骨的气质特征，更是李杜两位交谊深厚、情志相投的生动写照。

江 汉

杜 甫

江汉思归客，乾坤一腐儒。
片云天共远，永夜月同孤。
落日心犹壮，秋风病欲苏。
古来存老马，不必取长途。

【咏诗感怀】

　　这首诗是杜甫晚年的作品，吾认为，也是他老人家晚年诗作中写得最简约的一首，如陈年老酒，液浓味香，厚积而薄发。

　　晚年的杜甫，依然诗情喷发，孜孜不倦，其勤奋绝对可以压倒少年。如《茅屋为秋风所破歌》《登岳阳楼》《登高》《蜀相》《旅夜书怀》《不见》等传颂至今的名篇，均是其晚年之作。此首《江汉》，全篇清气老辣，浑然天成，充溢着诗人自强不息的精神。更有甚者，诗中多有佳句，如"乾坤一腐儒""片云天共远，永夜月同孤。""落日心犹壮"吾以为，一首好诗必须是篇与句兼备，才称得上高手。

新婚别

杜 甫

兔丝附蓬麻，引蔓故不长。

嫁女与征夫，不如弃路旁。

结发为君妻，席不暖君床。

暮婚晨告别，无乃太匆忙。

君行虽不远，守边赴河阳。

妾身未分明，何以拜姑嫜。

父母养我时，日夜令我藏。

生女有所归，鸡狗亦得将。

君今往死地，沉痛迫中肠。

誓欲随君去，形势反苍黄。

勿为新婚念，努力事戎行。

妇人在军中，兵气恐不扬。

自嗟贫家女，久致罗襦裳。

罗襦不复施，对君洗红妆。

仰视百鸟飞，大小必双翔。

人事多错迕，与君永相望。

【咏诗感怀】

这首诗为杜甫作品中有名的"三别"(《新婚别》《垂老别》《无家别》)之一，亦是陪伴我们这一辈人度过中学时代的语文教材，迄今耳熟能详。全诗以新娘子的口吻倾诉乱世之中难圆儿女之情的悲哀："暮婚晨告别，无乃太匆忙。"凄厉怨愤，心痛如割；"仰视百鸟飞，大小必双翔。"两相对比，人不如鸟！

偶读此诗，禁不住忆起清朝一位军嫂写过类似的两句诗："家如月夜圆时少，人似秋云散处多。"

对 雪

杜 甫

战哭多新鬼，愁吟独老翁。

乱云低薄暮，急雪舞回风。

瓢弃尊无绿，炉存火似红。

数州消息断，愁坐正书空。

【咏诗感怀】

在灿若星海般的唐代诗人中，吾最喜欢李白与杜甫，李杜合成了中国诗史最灿烂的黄金版块，故选择唐诗三百首的着力点多放在李杜身上。

乱云、薄暮、急雪、朔风，一派严寒逼人的景象；没有柴火，空空的炉子，酒葫芦早已丢掉，酒樽里空空如也，唯有独自"愁坐"在那里，用手在空中划着字……何其困苦无奈的情景！贫寒交困，孤苦伶仃，牵挂亲人，关心国事，愁苦无依，百无聊赖，这就是此诗真切地传达给读者的这位"诗圣"的遭遇与痛苦，完全可以当作历史来读。

赠卫八处士

杜 甫

人生不相见，动如参与商。

今夕复何夕，共此灯烛光。

少壮能几时，鬓发各已苍。

访旧半为鬼，惊呼热中肠。

焉知二十载，重上君子堂。

昔别君未婚，儿女忽成行。

怡然敬父执，问我来何方。

问答乃未已，驱儿罗酒浆。

夜雨剪春韭，新炊间黄粱。

主称会面难，一举累十觞。

十觞亦不醉，感子故意长。

明日隔山岳，世事两茫茫。

【咏诗感怀】

　　这首《赠卫八处士》妙就妙在，没有将老友久别重逢之喜淹没在一片欢庆锣鼓声之中。而是把强烈的人生感慨带入诗中，喟叹倏忽之间迟暮已至，把一夕的温馨之感，置于苍凉的感情基调之上，反倒带给读者对生活美和人情美的无比珍视。

阁 夜

杜 甫

岁暮阴阳催短景，天涯霜雪霁寒宵。

五更鼓角声悲壮，三峡星河影动摇。

野哭千家闻战伐，夷歌数处起渔樵。

卧龙跃马终黄土，人事音书漫寂寥。

【咏诗感怀】

　　此乃杜甫写得最悲切的一首诗，集感时、伤乱、忆旧、思乡于一瞬，上天入地，俯仰古今，意中言外，喷涌而泄！气势沉郁而恢廓，辞采伟丽而夺目，音调铿锵而悦耳，意境悲壮而深沉。反复吟之，使人气冲霄汉，志增百倍！有人称其为七言律诗的"千秋鼻祖"，绝无拔高之嫌。"卧龙跃马终黄土"，一世之雄，最终都会变成一堆黄土，不论是贤是愚，到头来都殊途同归！

奉济驿重送严公四韵

杜 甫

远送从此别，青山空复情。
几时杯重把，昨夜月同行。
列郡讴歌惜，三朝出入荣。
江村独归处，寂寞养残生。

【咏诗感怀】

　　读杜甫的诗，总有一种忧国忧民的情怀鼓荡。国事、家事、天下事，样样在心；国破、恨别、白首，件件生悲。凡事诸人，在他的笔下，总带着忧伤与悲愤，以凄婉、悲愤之美来打动人，反向制胜。这首送别挚友严武的诗即如此，情真意挚，凄楚感人。禁不住低吟：俱往矣，功名尽散。眺岛外，流年偷换。问何人、能解连环，蒙蒙残雨弄晚！

江畔独步寻花（其六）

杜 甫

黄四娘家花满蹊，千朵万朵压枝低。
留连戏蝶时时舞，自在娇莺恰恰啼。

【咏诗感怀】

　　春光似梦，蜂吻花香，恨不能埋在这幅缠绵柔情的春色图里。岂料，杜甫的这首《江畔独步寻花》，诗人也被鹅黄嫩绿的春色所吸引而流连忘返。春天，带给大自然的娇艳，谁人不陶醉！唐诗里的春天，是一幅幅绝美的山水画，徜徉其中，穿越时光隧道，在相同的春季里，与唐代诗人们享受另一个不同的春天！

曲江（其二）

杜　甫

朝回日日典春衣，每日江头尽醉归。

酒债寻常行处有，人生七十古来稀。

穿花蛱蝶深深见，点水蜻蜓款款飞。

传语风光共流转，暂时相赏莫相违。

【咏诗感怀】

　　与其他诗作相比，杜甫的这首诗并不著名，更未入选蘅塘退士所编撰的《唐诗三百首》。但诗中的这句"人生七十古来稀"，却传播空前，家喻户晓。其实，这首诗实乃诗人的用心之作，诗艺精湛，并不亚于他的《春望》《石壕吏》等名诗。用诗评家的话说，这首诗"淡语而自然老健"，"测之而益深，究之而益来"。因"仕不得志"而有感，借暮春之景，抒发自己的悲苦情怀，饱含深广的社会内容。言外有意，味外有味，弦外有音，景外有景，情外有情，耐人寻味！作此诗时的杜甫，尚在"左拾遗"的位上，虽官位不高，但好歹也是皇帝近臣，居然天天靠典当衣服买酒喝，后来连衣服都没得当了就只好赊账，曲江边上的酒铺子都被他赊遍了。穷困潦倒到如此地步，说明当时唐王朝已经朝不保夕了。瞻念前途，来日苦短，诗人只好整日借酒浇愁。这首诗即是当时社会的真实写照。

房兵曹胡马

杜　甫

胡马大宛名，锋棱瘦骨成。
竹批双耳峻，风入四蹄轻。
所向无空阔，真堪托死生。
骁腾有如此，万里可横行。

【咏诗感怀】

　　此种胡马产自大宛国，强有力的骨骼如锋棱一般；两只耳朵坚挺，如用竹子削成的；风吹在四只马蹄上，显得那么轻快。马之所向，绝无虚蹄。真正是值得委托生死的伙伴，有这么一匹好马，足以任意奔驰万里之遥了！

　　这首《房兵曹胡马》乃杜甫借骏马抒怀，胸怀驰骋万里凌云志，以天下为怀，金戈铁马，雄风浩荡，诗中气势压万难！

九日蓝田崔氏庄

杜　甫

老去悲秋强自宽，兴来今日尽君欢。
羞将短发还吹帽，笑倩旁人为正冠。
蓝水远从千涧落，玉山高并两峰寒。
明年此会知谁健，醉把茱萸仔细看。

【咏诗感怀】

人已老去，无法抗拒，但精神不能倒，意志不能垮。面对老
迈，诗人满腹忧情，却以壮语写出，正是想告知读者的道理。"蓝
水远从千涧落，玉山高并两峰寒。"气势多么豪迈，笔力何等酣
畅！

秋暮登北楼

王武陵

秋满空山悲客心，山楼晴望散幽襟。
一川红树迎霜老，数曲清溪绕寺深。
寒气急催遥塞雁，夕风高送远城砧。
三年海上音书绝，乡国萧条惟梦寻。

【咏诗感怀】

　　红叶、飞雁、清溪、古寺、乡愁，秋景依旧，乡愁依旧。年年岁岁秋相似，岁岁年年人不同！

白雪歌送武判官归京

岑 参

北风卷地白草折，胡天八月即飞雪。

忽如一夜春风来，千树万树梨花开。

散入珠帘湿罗幕，狐裘不暖锦衾薄。

将军角弓不得控，都护铁衣冷难着。

瀚海阑干百丈冰，愁云惨淡万里凝。

中军置酒饮归客，胡琴琵琶与羌笛。

纷纷暮雪下辕门，风掣红旗冻不翻。

轮台东门送君去，去时雪满天山路。

山回路转不见君，雪上空留马行处。

【咏诗感怀】

句句咏雪，勾出天山奇寒，字字含情，道尽离别之谊。"忽如一夜春风来，千树万树梨花开"，意境清新浩渺，吟之心旷神怡。

岑参是一位家门落难、人格早熟、意志坚强、志向高远、向往功名、视大唐统一兴盛大业为自己生命、在仕途上奋斗终生的官吏。他入仕后，曾经两次赴西域从军安边报国，前后共六年之久。特别是第二次追随全权西域的主帅封常清再赴西域，深得其信任、赏识和重用，以节度判官的身份常驻丝绸之路主干道上的重镇轮台，协助主帅谋划军政要务，管理税收屯垦，保护商贸活动，维护民族团结等。成为封常清的智囊和左右手，一展"干于王侯"、奋不顾身的报国志向和军政才干，真正做到了"平生抱忠义，不敢私微躯"。正因为如此，驻守轮台无疑成就了岑参从戎安边、忠义报国、献身盛唐统一大业的辉煌人生。岑参诗作中的那些代表作品几乎都是笔触"轮台"地名的"轮台诗"，就证明了这一点。

轮台为西域地名。历史上有两个轮台，一为汉轮台，一为唐轮台。汉轮台在天山之南，唐轮台在天山之北。轮台在汉代既为西域重地，但出现在唐人诗文中的轮台却并不表示对这一行政区域的指认，在许多情况下，轮台并不指轮台县，而是沿用汉轮台的典故，以轮台代称西北或西部边地。

走马川行奉送出师西征

岑 参

君不见走马川行雪海边，平沙莽莽黄入天。

轮台九月风夜吼，一川碎石大如斗，随风满地石乱走。

匈奴草黄马正肥，金山西见烟尘飞，汉家大将西出师。

将军金甲夜不脱，半夜军行戈相拨，风头如刀面如割。

马毛带雪汗气蒸，五花连钱旋作冰，幕中草檄砚水凝。

虏骑闻之应胆慑，料知短兵不敢接，车师西门伫献捷。

【咏诗感怀】

或因吾曾长期在新疆工作生活过，对古今边塞诗均情有独钟。唐代的岑参，当代的周涛，他俩的诗读得最多，雄风浩荡，意阔语奇，豪迈壮美，酣畅淋漓，有异曲同工之妙。

大唐的边塞，与其说是征战的沙场，莫如说是诗意的原野。诗人们来到这大漠戈壁，看到的是边关冷月，想起的是龙城飞将，吟诵的是万里长城，怀抱的是家国情深。就像岑参的这一曲《走马川行奉送出师西征》，有一分艰苦卓绝，更有一分雄姿浩荡。"平沙莽莽黄入天""轮台九月风夜吼，一川碎石大如斗，随风满地石乱走""风头如刀面如割""马毛带雪汗气蒸"这些严酷恶劣的气候、环境、情景，都是吾曾亲身体验过，目睹过的，诗人描述得太

174

逼真、太传神！一下子写进吾心里！试想，在这种奇异的氛围中锻造出"将军金甲夜不脱，半夜军行戈相拨"的唐军将士形象，试看天下谁能敌！

需要特别指出的是，这首诗的豪迈之气，还缘于节奏急促铿锵，情韵灵活流宕，声调激越豪壮，一如雄赳赳、气昂昂的进行曲。

轮台歌奉送封大夫出师西征

岑 参

轮台城头夜吹角，轮台城北旄头落。
羽书昨夜过渠黎，单于已在金山西。
戍楼西望烟尘黑，汉军屯在轮台北。
上将拥旄西出征，平明吹笛大军行。
四边伐鼓雪海涌，三军大呼阴山动。
虏塞兵气连云屯，战场白骨缠草根。
剑河风急雪片阔，沙口石冻马蹄脱。
亚相勤王甘苦辛，誓将报主静边尘。
古来青史谁不见，今见功名胜古人。

【咏诗感怀】

你想直面古代厮杀的战争场面吗？此诗直写古西域的激烈战事，金戈铁马，杀声震天，军威浩荡，英雄气概！边塞味儿极浓，大战的豪迈味儿极浓，想必读者都体味得到。

寄左省杜拾遗

岑　参

联步趋丹陛，分曹限紫微。

晓随天仗入，暮惹御香归。

白发悲花落，青云羡鸟飞。

圣朝无阙事，自觉谏书稀。

【咏诗感怀】

　　岑参与杜甫，当年同仕于朝，岑任右补阙，杜任左拾遗，拾遗和补阙都是谏官。他俩既是同僚，又为诗友，这首诗是俩人之间的唱和之作。在中国文学史上，诗词唱和是一种极为普遍的现象。这首唱和之作，显然是触发彼此思想感情上的共鸣之作，面对空虚、死板、惟恭惟媚的官场生活，诗人早已心生厌倦，不甚愁闷："白发悲花落，青云羡鸟飞"，低头见庭院落花而备感神伤，抬头睹高空飞鸟而顿生羡慕，向老朋友一吐心中块垒！

　　清人纪晓岚曾为诗的最后两句解读说："圣朝既以为无阙，则谏书不得不稀矣。非颂语乃愤语也。"两位才华横溢、立志建功立业的俊才，就这样年复一年耗费在文过饰非、讳疾忌医的皇朝末路上，唯有用婉转的反语来抒发内心的忧愤与无奈，岂不悲哉！

177

逢入京使

岑 参

故园东望路漫漫，双袖龙钟泪不干。
马上相逢无纸笔，凭君传语报平安。

【咏诗感怀】

信口而成，不加雕琢，感情真挚，禁不住赋诗一首，聊以抒
怀：西域征途遇故知，马上交谈都嫌迟。抱拳乞报平安讯，此去遥
遥无归期。

碛中作

岑 参

走马西来欲到天，辞家见月两回圆。
今夜未知何处宿，平沙茫茫绝人烟。

【咏诗感怀】

唯有身居西部大漠旷野之人，方能写出如此气象阔大、无际无涯之磅礴气势；也唯有曾在西部戈壁荒漠生活过的人，才能深切体味到诗人雄浑开阔、战天斗地之豪迈情怀！

赵将军歌

岑 参

九月天山风似刀，城南猎马缩寒毛。

将军纵博场场胜，赌得单于貂鼠袍。

【咏诗感怀】

吾自新疆来，吟边塞诗如饮"伊犁老窖"，甘甜润口，格外亲切。在新疆，唐代边塞诗人岑参的知名度，恐怕远远高于同时代的其他诗人。而岑参在这首诗中盛赞的"赵将军"，就是当年大唐西域的守护神高仙芝。这位身材高大、相貌英俊、精通骑射、骁勇善战的少数民族将领，二十多岁就跟其父一样当上了将军。一生转战南北，然功业多在西域。这首诗再现了当年高仙芝转战塞外、横刀跃马、豪气冲天的军旅生活场景，栩栩如生地将这位百战百胜、威武高大的骁将形象矗立在读者面前。

戏问花门酒家翁

岑 参

老人七十仍沽酒，千壶百瓮花门口。

道傍榆荚仍似钱，摘来沽酒君肯否？

【咏诗感怀】

"酒里诗中三十年，纵横唐突世喧喧"。酒赋诗情，诗含酒意，构筑了唐诗一大特色。吾向与酒无缘，但因酒与诗书画有缘，故爱屋及乌，对"酒诗"颇有兴志。有谓"一醉解千愁""万事不离杯在手""呼儿将出换美酒，与尔同销万古愁"……个中之快活，亦令人兴奋不已！

这首口语化别具一格的小诗，充溢着快乐诙谐、轻灵跳脱之情趣："老人家，摘下一串白灿灿的榆钱来买您的美酒，您肯不肯呀？"如醇香的老窖一样，抿一口，酒不醉人人自醉。何时吾亦佯装一回"醉翁"之姿，借"醉"之名，言"醒"之实，吾想，世人亦会以吾"醉"见谅之。

春 梦

岑 参

洞房昨夜春风起，故人尚隔湘江水。

枕上片时春梦中，行尽江南数千里。

【咏诗感怀】

春风吹拂之下，花红柳绿之中，春心涌动，想念在湘江之滨的她。然相距既远，相会自难，只好"入梦江南烟水路"，千寻万唤，蜜意情深！日有所想，夜有所梦。托梦言情，此乃唐诗中写梦最成功之作品也！

月 夜

刘方平

更深月色半人家，北斗阑干南斗斜。

今夜偏知春气暖，虫声新透绿窗纱。

【咏诗感怀】

诗宜淡不宜浓，才有味道。换句话说，诗应该朴素，而且必须是大巧若愚般的朴素。纵览能流传迄今的唐诗，无一不是性灵之作，无一不是诗人才情的自然流露，绝非靠丽词艳句的堆砌。唯有李商隐的诗，用典多了一些，然而这也都是才情驱使下的结果。

吾以为，这首《月夜》是写得最朴素的唐诗之一，只不过入诗的角度太奇巧太独到了，竟借助深夜景色气氛来烘托春光的意境。本来，窗纱的绿色，夜晚是看不出的，就是因为这绿意来自诗人内心的盎然春意，仅凭虫鸣声，就能体察到窗纱的绿色、春天的暖意，真可谓"游山心在山，合眼飞岚绕"，足见诗人描写静景的深厚功底！

记得大文豪陆游说过："文章本天然，妙手偶得之。"好诗是从诗人心中自然流淌出来的，一如这首《月夜》。

183

枫桥夜泊

张　继

月落乌啼霜满天，江枫渔火对愁眠。
姑苏城外寒山寺，夜半钟声到客船。

【咏诗感怀】

月落乌啼，半夜难眠，独对江枫与渔火。萧瑟秋夜，旅途愁思，凄景不堪矣！要吾说，这岂止是一首意境清远的诗，更像一幅情味隽永、幽静诱人的江南水乡夜景画。

读罢此诗，有种历史穿越感。因为一句"夜半钟声到客船"，使得姑苏城外寒山寺撞钟、听钟，如今也成为其一大旅游热点。大批游客大过年地冒着寒气，除夕之夜专程来寒山寺聆听新年钟声，足以证明这首《枫桥夜泊》的魅力之大。

春 郊

钱 起

水绕冰渠渐有声，气融烟坞晚来明。
东风好作阳和使，逢草逢花报发生。

【咏诗感怀】

唐诗中那繁若星辰般描写春天的美丽诗句，足可以拈来与现实中的春天一比高低，用唐诗诠释春天，点破春天，真正令春天充满诗情画意。春天用固执的色彩，诠释着春天生命的情怀，诗情画意，声情并茂，这就是春天。

云阳馆与韩绅宿别

司空曙

故人江海别，几度隔山川。
乍见翻疑梦，相悲各问年。
孤灯寒照雨，湿竹暗浮烟。
更有明朝恨，离杯惜共传。

【咏诗感怀】

司空曙乃唐代宗大历年间"十大才子之一"。其诗多为行旅赠别之作，长于抒情，诗风娴雅疏淡。这是诗人著名的一首惜别诗。两位老友久别重逢，竟以为在梦中，而明朝又要分别。两人在孤灯下饮着离别的酒，孤灯、寒雨、浮烟、湿竹相伴，景象多么凄凉！反衬出两人离情难舍，情深意切的心境，乃久别忽逢之绝唱也。

186

喜外弟卢纶见宿

司空曙

静夜四无邻，荒居旧业贫。

雨中黄叶树，灯下白头人。

以我独沉久，愧君相见频。

平生自有分，况是蔡家亲。

【咏诗感怀】

这首诗是诗人因表弟卢纶到家拜访有感而发，感伤凄苦之情浸透纸背。诗人和卢纶同为"大历十才子"，诗名卓著，又是表兄弟，真乃一对苦兄弟！作诗为怜：

风烛残年频相聚，吟诗唱答悲中来。

雨冷叶黄贫困加，虚负凌云万丈才。

贼平后送人北归

司空曙

世乱同南去，时清独北还。

他乡生白发，旧国见青山。

晓月过残垒，繁星宿故关。

寒禽与衰草，处处伴愁颜。

【咏诗感怀】

这首诗作于平定"安史之乱"之后。诗题为"贼平后送人北归"，"贼平"，指叛军首领史朝义率残部逃到范阳，走投无路，自缢身亡，安史之乱最终被朝廷平定。"北归"，指由南方回到故乡。

这是一首酬赠诗，通过送友人北归的感伤，进而伤情触景，写出"旧国残垒""寒禽衰草"的乱后荒败之象，由送别的感伤推及时代的感伤、民族的感伤，全诗充溢着诗人浓重的愁情。

听 筝

李 端

鸣筝金粟柱，素手玉房前。
欲得周郎顾，时时误拂弦。

【咏诗感怀】

　　短短二十个字，一位脉脉含情的娇艳女子的灵慧形象跃然纸上，此等超拔笔力，后人着实难追矣！借筝声传达娇羞的心声，借周郎顾曲的典故抒发这位怀春少女的一片痴情，可谓"犹抱古筝半掩面，此处错弹更有声！"

闺　情

李　端

月落星稀天欲明，孤灯未灭梦难成。

披衣更向门前望，不忿朝来鹊喜声。

【咏诗感怀】

这是一首闺怨诗，闺怨诗实乃情诗也。闺怨诗在古体诗中占的比重很大，比如清代尹似村的"自与情人和泪别，至今愁看雨中花。"唐代李商隐的"嫦娥应悔偷灵药，碧海青天夜夜心"等，以女人的口气表达婉约缠绵、幽怨感伤的思春曲。

此首闺怨诗的靓丽之处在于把家常语写进诗，朴实贴切，如民歌一般。且声韵和谐自然、朗朗上口，凡识字者都读得懂。但意境描绘得香软细腻，含蓄隽永，堪称绝唱。

小儿垂钓

胡令能

蓬头稚子学垂纶，侧坐莓苔草映身。
路人借问遥招手，怕得鱼惊不应人。

【咏诗感怀】

这是一首情趣盎然的小诗，充满无限童趣，像一幅清丽的白描写生画，线条简洁纯真。若教孩儿背唐诗，此首可排前列。何谓言浅趣浓之诗这首便是。

听　筝

柳中庸

抽弦促柱听秦筝，无限秦人悲怨声。
似逐春风知柳态，如随啼鸟识花情。
谁家独夜愁灯影，何处空楼思月明。
更入几重离别恨，江南歧路洛阳城。

【咏诗感怀】

音乐空灵微妙，用诗歌表现音乐，何其难矣！然唐诗中却不乏表现音乐的传神之作，以五彩斑斓、形象生动的联想、比喻，淋漓尽致地描绘出音乐的轻重疾徐、抑扬顿挫，进而令读者从画面中去感知音乐的魅力。如白居易的《琵琶行》、韩愈的《听颖师弹琴》和李贺的《李凭箜篌引》，再有柳中庸的这首《听筝》，就是其中的佼佼者。以这首《听筝》为例，巧妙地把弦上发出的乐声同大自然的景物融为一体，顿时使悲怨的乐声转化为鲜明生动的形象，筝声犹如柳条拂着春风，絮絮话别；杜鹃鸟绕着落花，啁啁啼血；好像谁家的白发老母枯坐灯前，为游子不归而对影悲泣；又好似谁家的红颜少妇伫立楼台，为丈夫远行而望月长叹……悲怨声、思念情，力透纸背；孤寂、凄清之氛围，浸透心肺。诗到画，画中声，此时无声胜有声。

征人怨

柳中庸

岁岁金河复玉关，朝朝马策与刀环。

三春白雪归青冢，万里黄河绕黑山。

【咏诗感怀】

柳中庸这首《征人怨》，乃一首经典七言绝句。这首诗文采智慧、谨严工整，更历来为人所称颂。四句皆作对语，不仅每句自对，如首句中的"金河"对"玉关"，又两联各自成对。最后一联的对仗尤其讲究，不仅数字对："三"对"万"而且颜色亦对："白"对"青"，"黄"对"黑"；还有动词对："归"对"绕"。真可谓是：字字具匠心，句句显奇才。

江乡故人偶集客舍

戴叔伦

天秋月又满，城阙夜千重。

还作江南会，翻疑梦里逢。

风枝惊暗鹊，露草覆寒蛩。

羁旅长堪醉，相留畏晓钟。

【咏诗感怀】

何谓语短情长？这首诗便是。他乡遇故知，实属不易，何况境遇不佳，又逢秋夜寒露，说不完的知心话，道不尽的世间苦，彻夜举杯，竟夕长谈。惧怕天明，又将分手。熔情景于一炉，景语皆情语；汇悲喜于一身，相聚即离别。全诗寓情于景，寄景托情，情景交融；吟诵字字寓意，句句清美，品味不尽。

淮上喜会梁州故人

韦应物

江汉曾为客，相逢每醉还。
浮云一别后，流水十年间。
欢笑情如旧，萧疏鬓已斑。
何因不归去？淮上有秋山。

【咏诗感怀】

这是一首老友歌，这是一支蹉跎曲。喜逢老友，亦喜亦悲。喜的是久别重逢，为情谊畅怀痛饮；悲的是岁月如流，青丝变白发，华年早逝！真乃"此日相逢思旧日，一杯成喜亦成悲"。

初发扬子寄元大校书

韦应物

凄凄去亲爱，泛泛入烟雾。

归棹洛阳人，残钟广陵树。

今朝此为别，何处还相遇。

世事波上舟，沿洄安得住？

【咏诗感怀】

　　唐诗中不乏悲戚之声、离别之愁，此诗正是也。诗人一颗惆怅若失的心，就如同漂浮在烟雾笼罩的水面上的客船，随波逐流，不能自已。禁不住发出世事艰难、人生难料之感叹。

　　唐诗就像一首老歌，只要你一唱，就会把眼前的一切卷入似曾相识的诗境之中。

秋夜寄邱二十二员外

韦应物

怀君属秋夜，散步咏凉天。
山空松子落，幽人应未眠。

【咏诗感怀】

韦应物的这首五言绝句，意境清幽，落笔从容，韵味无穷。既是诗人的代表作，又为唐代五绝诗的代表作之一，被蘅塘退士选入《唐诗三百首》中。

所谓的"五绝诗"，简言之，即"绝句"的一种，每句只有五个字。于无声处松子落，用一种徐徐缓缓的力道怀念友人，直入心脾。

长安遇冯著

韦应物

客从东方来，衣上灞陵雨。
问客何为来，采山因买斧。
冥冥花正开，飏飏燕新乳。
昨别今已春，鬓丝生几缕。

【咏诗感怀】

这是诗人赠给冯著的一首诗，冯著是韦应物的挚友，一位才德双全却一直不得意而归隐山林的名士。这首赠诗，以亲切诙谐的笔调，对失意沉沦的冯著深表理解、同情、体贴和慰勉。吟诵此诗，情深谊长，少了牢骚，多了沧桑，殷殷勉励，清新明快，至情动人！

塞下曲（其三）

卢 纶

月黑雁飞高，单于夜遁逃。
欲将轻骑逐，大雪满弓刀。

【咏诗感怀】

有人问，唐诗何以兴盛？说来话长。简言之，唐诗的璀璨乃唐代政治经济发展的产物，唐诗中运转不息的生命之力和千姿百态的生命节奏，来自丰富多彩的大千世界。另外，还有一个重要因素，这就是整个唐代推行以诗取仕、以书取仕的科举制度，科举考试一个很重要的内容是考诗歌创作。这样，诗歌写得好坏直接关系着一个人的前途。以诗取仕从制度上带动了整个社会崇尚诗歌的风气，从封建帝王到落泊文人，从达官贵人到引车卖浆之徒，无不以能诗为荣。

但这首诗的作者卢纶，虽诗名远播，却屡试不第。显然，以诗取仕的国策并非一路畅通，否则李白、杜甫、王维等诸多诗人就不会流落山间地头，早该高居庙堂之上才是。如今看来，当初以诗取仕的政策幸亏没有真正落到实处，否则，也就没有如此璀若繁星般的唐诗流传至今。诗与从政，毕竟南辕北辙，作诗尤以感性为甚，从政则崇理性为要。

秋晚山中别业

树老野泉清，幽人好独行。

去闲知路静，归晚喜山明。

兰芝通荒井，牛羊出古城。

茂陵秋最冷，谁念一书生。

【咏诗感怀】

不要书生气，但要有书卷气。社会多喧嚣之声，人群多讨巧之
辈。恒守心静，则人静；人静则"泉清"，心静则不惧"独行"。

晚次鄂州

卢 纶

云开远见汉阳城，犹是孤帆一日程。
估客昼眠知浪静，舟人夜语觉潮生。
三湘衰鬓逢秋色，万里归心对月明。
旧业已随征战尽，更堪江上鼓鼙声。

【咏诗感怀】

这是一首即景抒怀诗。诗人作此诗时，因战乱正浪迹异乡，路过三湘，次于鄂州，时逢寒秋，身衰体弱，景、情均不堪萧瑟。故诗中溢满了厌战、伤老、思归之情。真可谓"江山见惯新诗少，世味尝深感慨多！"

有道是，情随景迁，景为情动。同样的景致，阅历不同的人，却感怀各异，有人羡慕，有人厌倦。

喜见外弟又言别

李 益

十年离乱后，长大一相逢。
问姓惊初见，称名忆旧容。
别来沧海事，语罢暮天钟。
明日巴陵道，秋山又几重。

【咏诗感怀】

　　毛泽东曾说过，诗要用形象思维，不能像散文那样直说。这首诗运用形象思维，艺术地再现了诗人同表弟久别重逢又匆匆话别的动人场景，抒发了乱世相逢与离别中的喜和痛。聚亦匆匆，离亦匆匆，与其说是喜，莫如说是悲。既是诗人个人的悲剧，更是时代酿成的悲剧。在古往今来以人生聚散为题材的诗歌中，此诗历来被众人称颂，盖因十年之事，一朝倾吐，社会人事变迁，国家动荡之感慨，尽在其中。加之语言平浅率真，如一般家常语，读来亲切自然。故传之久远。

立秋前一日览镜

李　益

万事销身外，生涯在镜中。
惟将两鬓雪，明日对秋风。

【咏诗感怀】

自古以来文人就有"逢秋悲寂寥"之怀，因"秋"带给人萧瑟衰败之感，难免会产生愁绪。这首《立秋前一日览镜》，就整个弥漫着浓浓的悲秋氛围，吟之令人伤感。

人老了，回首当年金戈铁马、叱咤疆场之往昔，早已置一生荣辱于身外，灰飞烟灭，仿佛像在镜子中一样。回到现实中的自己，已是两鬓斑白的古稀之人。面对时日不多的未来，只有默默地迎着肃杀的秋风一抒己怀了！诗题"立秋前一日"点明写作日期，主要表示明日立秋，秋风一起，万物凋零，寓意在悲秋。"览镜"取喻镜鉴，顾往瞻来。

夜上受降城闻笛

李　益

回乐峰前沙似雪，受降城外月如霜。
不知何处吹芦管，一夜征人尽望乡。

【咏诗感怀】

　　雪与霜是唐诗营造意境常选的意象之一，雪与霜均代表环境的恶劣与人生的坎坷。这首诗一上来就用了雪与霜，借这寒气袭人的景物来渲染心境的愁惨凄凉，哀与悲的意境霎时呈现出来。这是一首抒写戍边将士乡情的诗作，寓情于景，以景写情，从多角度描绘了戍边将士浓烈的乡思和满心的哀愁之情，感人肺腑。

游子吟

孟　郊

慈母手中线，游子身上衣。
临行密密缝，意恐迟迟归。
谁言寸草心，报得三春晖。

【咏诗感怀】

　　这是一首感人至深的母爱颂歌，千百年来赢得无数读者的强烈共鸣。母爱是人类最纯真崇高的感情，是文学创作的永恒主题。从古至今，描写母爱的文学作品尤其诗歌层出不穷，但唯独这首《游子吟》经久不衰，成为广泛流传的千古不朽之作。慈母手中线，儿女身上衣。这里既没有语言，也没有眼泪，然而一片爱的挚情从这普通常见的场景中充溢而出，拨动着每一个读者的心弦，催人泪下，唤起天下儿女们深切的联想和永远的思念。

登科后

孟 郊

昔日龌龊不足夸，今朝放荡思无涯。
春风得意马蹄疾，一日看尽长安花。

【咏诗感怀】

这是今日许多人耳熟能详的一首好诗，尤其"春风得意马蹄疾"一句，广为传播。可见，鉴别一首诗的优劣，传播的广度、深入与否，乃至关重要的分野标准。

古语有云，人生四大喜：一是久旱逢甘露；二是他乡遇故知；三是洞房花烛夜；四是金榜题名时。诗人作此诗时，正逢一大喜：金榜题名时。何况此前他曾两次落第，直到四十六岁方中进士，喜从天降，简直乐翻了天！满心满怀按捺不住欣喜欲狂之情，情与景会，意到笔成，便化成了这首神采飞扬的小诗。

吾一直认为，景由心生。诗人此刻正处在兴奋头上，看什么都蒙着一层喜气。明明眼前是一条蜿蜒逼仄的土路，竟一下子变成平坦坦的阳光大道，天高地远，就连平日温顺的坐骑，也四蹄生风。偌大一座长安城，春花无数，却被他一日看尽，真是"放荡"无比！酣畅淋漓！

206

结 爱

孟 郊

心心复心心，结爱务在深。
一度欲离别，千回结衣襟。
结妾独守志，结君早归意。
始知结衣裳，不如结心肠。
坐结行亦结，结尽百年月。

【咏诗感怀】

这是一首不同凡响的爱情诗。抛开了风花雪月，躲开了郎才女貌，割断了物欲的牵累，摆脱了世俗的羁绊，"结爱务在深"，结爱"结心肠"！追求的是心灵的共鸣，倾诉的是心心相印之爱情！这种爱情观不仅仅超拔千古，恐怕当今时代也不得不匍匐在它的脚下。试问，剥离了金钱、地位、相貌等条件的心心相印的爱情，迄今还剩多少？

在唐代杰出诗人中，孟郊的确是一位不同凡响的诗人，年轻时写下这首独树一帜的爱情颂歌《结爱》，到老了又写了一首流传甚广的孝道之歌《游子吟》，这两首代表作，不仅映衬出诗人品德之高洁，人格之伟岸，更一跃而成为中华文化之经典，中华文明之瑰宝，为诗人赢得了崇高的声誉。

岁日感怀

李 约

曙气变东风，蟾壶夜漏穷。
新春几人老，旧历四时空。
身贱悲添岁，家贫喜过冬。
称觞惟有感，欢庆在儿童。

【咏诗感怀】

《全唐诗》中记载过春节内容的不多，大约二十几首。吾认为，李约这首《岁日感怀》虽非脍炙人口之作，然与如今过年有一脉相通之趣，乃窥探古代春节风俗的一份珍贵史料。

这首《岁日感怀》生动逼真地再现了古代春节辞旧迎新的景致与气氛：新年子夜后，曙光初现时，不仅旧岁计时蟾壶中的水已经漏完，需要更换新的蟾壶，就连凌晨的空气也变得温暖起来，新春降临了；虽然岁月在催人老，但好在度过了难熬的冬季，值得举杯庆贺。那些无忧无虑、欢呼雀跃的少年真令人艳羡。

秋 日

耿 湋

反照入闾巷，忧来谁共语。
古道少人行，秋风动禾黍。

【咏诗感怀】

何谓"好诗"？袁枚在《随园诗话》中答：音律讲究，风趣有味，能赏心悦目的就是好诗。

依据袁先生的标准，此首《秋日》借凋零的秋色，述说心中的落寞，满纸的悲悲戚戚，满腹的伤春悲秋，秋景与悲情浑然一体，不知是秋之悲，还是人之伤？吾读这首诗，似有一层阴云笼罩心头，"乍觉犹言是，沉思始觉空。"乃触动心扉的一首好诗！

春 兴

武元衡

杨柳阴阴细雨晴，残花落尽见流莺。

春风一夜吹乡梦，又逐春风到洛城。

【咏诗感怀】

以往史学家不管其信奉什么，对武则天自立王位、改变大唐国号，多以篡位为名予以严厉挞伐，终不离封建意识的窠臼。若站在妇女解放的历史高度再回头审视这一历史过程，实在要为唐朝大唱赞歌！

这首诗的作者武元衡乃武则天的曾侄孙，足见其家族并非一群攀附权贵的寄生虫；如此美妙放达、集春景、乡思、归梦于一身的诗章能流传至今，亦多少透露了所谓的正统传统观念，自古并非铁板一块。

题都城南庄

崔　护

去年今日此门中，人面桃花相映红。
人面不知何处去，桃花依旧笑春风。

【咏诗感怀】

　　一转身，就是一辈子，错过了，就是整整一生。这种痛彻的感悟或后悔，恐怕古今中外大多数过来人都曾有过。如今，那段感情虽渐行渐远，但每每忆起，内心就隐隐作痛，可又不得不认命，因为没有下辈子，只好强将初恋的情感自嘲为"曾经拥有过"用来自我安慰。这首诗的潜在诱人之处，就是道出了无数人都似曾有过的共同情感体验：人面桃花，物是人非。为诗人赢得了不朽诗名！

题破山寺后禅院

常 建

清晨入古寺，初日照高林。

竹径通幽处，禅房花木深。

山光悦鸟性，潭影空人心。

万籁此俱寂，但余钟磬音。

【咏诗感怀】

此诗乃历代山水诗中独具一格的名篇。迄今各种各样唐诗排行榜上，常健的这首《题破山寺后禅院》，总跻身前十名之列，民意高企。那么，何以见好？高在何处？

要我说，慢咏细品此诗，霎时有一种悠闲适意的情调冉冉升起，仿佛全部心身都被忘情尘俗的意境所浸润、陶醉，将读者慢慢地引入一种兴味无穷的胜景之中。好诗巧于构思，工于造意，妙在言外，正是这首五言律诗的独具一格之处。

节妇吟

张 籍

君知妾有夫，赠妾双明珠。

感君缠绵意，系在红罗襦。

妾家高楼连苑起，良人执戟明光里。

知君用心如日月，事夫誓拟同生死。

还君明珠双泪垂，恨不相逢未嫁时。

【咏诗感怀】

这是一首已婚少妇誓言忠贞不贰爱情的动人诗篇。"还君明珠双泪垂，恨不相逢未嫁时。"此诗妙在婉，妙在以情拒情，不伤爱慕者自尊及其一片痴情。故而，诗中的"还君明珠双泪垂，恨不相逢未嫁时"，亦成了流传千古的名句！

吾倒宁愿相信这是一首纯爱情诗，但其实不然，据说还有另外一种诠释，《节妇吟》标题下注有："寄东平李司空师道"一行副题。李师道是一名藩镇节度使，想用重金聘请诗人做幕僚，诗人一向反对藩镇割据，主张领土统一，故写了这首《节妇吟》予以婉拒，完全是言在此而意在彼，借女人之口来委婉拒绝李师道的重金聘任罢了。据说由于这首诗情辞恳切，连李师道本人也深受感动，不再勉强。

十五夜望月寄杜郎中

王　健

中庭地白树栖鸦，冷露无声湿桂花。
今夜月明人尽望，不知秋思落谁家。

【咏诗感怀】

　　自古迄今，秋风乍起，对月咏怀，名诗佳句数不胜数。然，中唐诗人王健这首《十五夜望月寄杜郎中》将仰月之思、感秋之意、怀乡之情，描绘得如此委婉动人、蕴藉深沉，将月圆与相思融合得如此贴切，实不愧巅峰之作！银月清辉，秋思洒落，唯有中华儿女能感怀、共享这一月明人远、思深情长的意境，外国人岂能感受得到！这便是中华文化流淌在每一个华夏儿女血脉中的铁证！

山　石

韩　愈

山石荦确行径微，黄昏到寺蝙蝠飞。
升堂坐阶新雨足，芭蕉叶大栀子肥。
僧言古壁佛画好，以火来照所见稀。
铺床拂席置羹饭，疏粝亦足饱我饥。
夜深静卧百虫绝，清月出岭光入扉。
天明独去无道路，出入高下穷烟霏。
山红涧碧纷烂漫，时见松枥皆十围。
当流赤足踏涧石，水声激激风吹衣。
人生如此自可乐，岂必局束为人靰。
嗟哉吾党二三子，安得至老不更归。

【咏诗感怀】

　　韩愈乃大散文家，尤其游记散文写得出类拔萃，位居唐宋八大家之首。作诗亦不少，但总不离散文的踪迹，这首诗就是一篇诗体的山水游记。叙写从"黄昏到寺""夜深静卧"到"天明独去"的所见、所闻和所感，游踪所及，逐次以画面展现，更像一部旅游纪录影片。手法巧妙，严格选择，经心提炼，气势遒劲，风格壮美，为传统的记游诗开拓了一片新领域，极受后人推崇。

八月十五日夜赠张功曹

韩 愈

织云四卷天无河，清风吹空月舒波。

沙平水息声影绝，一杯相属君当歌。

君歌声酸辞且苦，不能听终泪如雨。

洞庭连天九疑高，蛟龙出没猩鼯号。

十生九死到官所，幽居默默如藏逃。

下床畏蛇食畏药，海气湿蛰熏腥臊。

昨日州前捶大鼓，嗣皇继圣登夔皋。

赦书一日行万里，罪从大辟皆除死。

迁者追回流者还，涤瑕荡垢清朝班。

州家申名使家抑，坎轲只得移荆蛮。

判司卑官不堪说，未免捶楚尘埃间。

同时辈流多上道，天路幽险难追攀。

君歌且休听我歌，我歌今与君殊科。

一年月明今宵多，人生由命非由他，

有酒不饮奈明何！

【咏诗感怀】

韩愈是大散文家，其散文之妙位居唐宋八大家之首。其诗不

216

多，这首堪称代表作，亦带点散文的笔法，直陈其事，洒脱疏放，别具一格。

题中的张功曹，即张署。贞元十九年（803），韩愈与张署皆任监察御史，曾因联合向唐德宗进言，极论宫市之弊，双双遭贬。韩被贬至阳山（广东阳山）县令，张被贬为临武（湖南临武）县令。贞元廿一年（805）正月，唐顺宗即位，二月甲子大赦。八月唐宪宗又即位，又大赦天下。两次大赦由于有人从中作梗，他们均未能调回京都，只改官江陵。知道改官的消息后，韩愈便借中秋月圆之夜，写下这首诗，并赠给遭遇相同的张署。

两位难兄难弟，目睹官场龌龊，备尝人生艰辛，及祸福无常，故而发出"人生由命非由他"的无奈感慨！面对十五的皓月，述说自己的不幸遭遇与无限悲愤，借酒浇愁，意境何其悲凉！

调张籍

韩 愈

李杜文章在，光焰万丈长。

不知群儿愚，那用故谤伤。

蚍蜉撼大树，可笑不自量。

伊我生其后，举颈遥相望。

夜梦多见之，昼思反微茫。

徒观斧凿痕，不瞩治水航。

想当施手时，巨刃磨天扬。

垠崖划崩豁，乾坤摆雷硠。

惟此两夫子，家居率荒凉。

帝欲长吟哦，故遣起且僵。

剪翎送笼中，使看百鸟翔。

平生千万篇，金薤垂琳琅。

仙官敕六丁，雷电下取将。

流落人间者，太山一毫芒。

我愿生两翅，捕逐出八荒。

精诚忽交通，百怪入我肠。

刺手拔鲸牙，举瓢酌天浆。

腾身跨汗漫，不著织女襄。

顾语地上友，经营无太忙。

乞君飞霞佩，与我高颉颃。

【咏诗感怀】

吾一向认为，人与人是千差万别的，不同的学识、人生际遇、社会恩赐、思想方法、思维方式等，对唐诗的理解、欣赏亦各不相同。

这首诗就是针对当时社会上扬杜抑李论而发的，虽也属一家之言，但代表了古今多数人的意见，其中亦包括我。韩愈这首诗，专意推崇李杜诗，开口便是"李杜文章在"，可见在诗人的心中钦慕已久，不觉冲口而出，全文如长江大河浩浩荡荡，奔流直下，造词遣句伟岸雄奇、纵横恣肆，必是千锤百炼而后成。

春 雪

韩 愈

新年都未有芳华，二月初惊见草芽。

白雪却嫌春色晚，故穿庭树作飞花。

【咏诗感怀】

农历新年一到，春天的脚步就快步如飞了。但对于一位急切盼望着春天的大诗人来说，仍然嫌春天来得太慢、太迟！他竟然用雪花代替春花，自己幻化、装点出一片春色来。这位别开生面、妙笔生花的大诗人就是韩愈："白雪却嫌春色晚，故穿庭树作飞花。"翻译成今天的话说，春天尚未到达，白雪却等不及了，纷纷扬扬，穿树飞花，自己装点出了一派春色来。真是想象奇诡，奇妙无比！

吟诵这首《春雪》，悠然陶醉于诗境之中，不能自拔。蓦然联想起英国十九世纪浪漫主义大诗人雪莱的名诗《西风颂》中的那句名言：冬天到了，春天还会远吗？仿佛春天在频频向我们招手。

左迁至蓝关示侄孙湘

韩　愈

一封朝奏九重天，夕贬潮州路八千。

欲为圣明除弊事，肯将衰朽惜残年。

云横秦岭家何在，雪拥蓝关马不前。

知汝远来应有意，好收吾骨瘴江边。

【咏诗感怀】

何谓慷慨赴义之雄？此诗是也！这是韩愈七律中的上乘之作，亦为唐诗中的不朽之作，全诗熔叙事、写景、抒情于一炉，笔势纵横，苍凉悲壮，大气磅礴，彰显刚正之气，鼓荡秉直之怀，实乃古今之绝唱！

早春呈水部张十八员外（其一）

韩　愈

天街小雨润如酥，草色遥看近却无。
最是一年春好处，绝胜烟柳满皇都。

【咏诗感怀】

　　这首小诗似随口而发却蕴含极深，明白晓畅又字字珠玑。尤"草色遥看近却无"一句，渗透着诗人深入草原生活的细微观察：早春时节，嫩草刚刚破土露尖，唯登高放眼远望，方显茫茫一抹鹅黄嫩绿。近瞧，绿意却无。全诗构思新颖，生动地描绘出早春三月湿润、明媚的美景，无疑胜过烟柳满城的晚春景色！

游春曲（其一）

王　涯

万树江边杏，新开一夜风。
满园深浅色，照在绿波中。

【咏诗感怀】

　　春天来了，春天盛满希望。一夜春风催花开，江边杏花林，水中杏花影。杏花浸染着江水，江水浸润着杏花，吟诗好不惬意！

乌衣巷

刘禹锡

朱雀桥边野草花，乌衣巷口夕阳斜。
旧时王谢堂前燕，飞入寻常百姓家。

【咏诗感怀】

此诗为刘禹锡著名的咏史诗《金陵五题》中的第二首，深切表达了诗人对时事沧桑、盛衰兴败的无限感慨。人生如大海，有潮涨之时，亦有潮落之际。这乃客观规律，更是人生真谛。潮涨时莫张狂，潮落时莫自弃，这是此诗欲告知读者的道理。语虽极浅，味却无限。

浪淘沙（其六）

刘禹锡

日照澄洲江雾开，淘金女伴满江隈。

美人首饰侯王印，尽是沙中浪底来。

【咏诗感怀】

　　刘禹锡共写了九首《浪淘沙》，此诗是九首中的第六首。这首诗深刻揭露了社会财富的创造者不是王孙贵族，不是财富的拥有者，而是那些含辛茹苦、身无分文的"贫贱者"！对身处最底层的劳苦大众寄予了深切的同情。竭贫女之辛劳，成豪家之富贵，全诗所展示的，正是这种不公的社会现象。反复吟之，与"遍身罗绮者，不是养蚕人"有异曲同工之妙。

浪淘沙（其八）

刘禹锡

莫道谗言如浪深，莫言迁客似沙沉。
千淘万漉虽辛苦，吹尽狂沙始到金。

【咏诗感怀】

　　这是一首深刻揭露当年官场黑暗与昭示清者自清的道白诗。其诗眼在"千淘万漉"上，刘禹锡一生多坎坷，早年因参与革新集团，触犯了藩镇、宦官和大官僚们的利益，很快被贬为远州司马。不料，行至江陵，再贬连州刺史，同时被贬为远州司马的共八人，这就是历史上著名的"八司马事件"。就像如同淘金一般，尽管"千淘万漉"，历尽艰辛和磨难，但金子终归是金子，历经磨难更显出英雄本色。此等胸襟非一般诗人所能有，真不愧于"诗豪"矣！

竹枝词（其一）

刘禹锡

杨柳青青江水平，闻郎江上踏歌声。

东边日出西边雨，道是无晴却有晴。

【咏诗感怀】

唐代爱情诗中，吾以为这一首最具东方女性神韵。这是一首采用民歌体写的恋歌，刻画情窦初开、含情脉脉、乍疑乍喜的少女情怀，是那么的委婉、含蓄。巧妙地运用谐音双关语的艺法，把天"晴"和爱"情"这两个不相关的事物巧妙地联系起来，少女爱上一个心上人，还不知对方态度，心中疑虑，喜忧参半。表面上说天气，实际上是在百般揣摩情郎歌声中所隐含的情绪。淋漓尽致地展示出少女那种迷惘、眷恋、忐忑不安的悸动情愫，十分传神。

望夫山

刘禹锡

终日望夫夫不归，化为孤石苦相思。
望来已是几千载，只似当时初望时。

【咏诗感怀】

这岂止只是一首诗，更是永远留在人们心中的一段凄美动人的真实故事！妻子思念远行的丈夫，立在山头守望不回，风雨不动，几千年如一日。这是什么样的深情，让苦命的人一站就是千年？吾要说，这是一颗无比执着的心！这是一腔千载苦恋的情！此般感天动地忠贞的爱情，让人不由得想起了那首汉乐府民歌："上邪，我欲与君相知，长命无绝衰。山无陵，江水为竭，冬雷震震，夏雨雪，天地合，乃敢与君绝！"两者呼应，化作刻骨铭心的爱情永远在感化召唤着我们。

连日累月浸泡在浩瀚无垠的唐诗中，喜怒哀乐始终陪伴着我。唐诗如同中华民族一种特有的"血型"，历经千年的传承筛选经久不衰。唐诗乃我中华民族历经上千年凝练而成的一种审美体系，流淌在我们每一个人的血液里。

酬乐天咏老见示

刘禹锡

人谁不顾老，老去有谁怜。

身瘦带频减，发稀冠自偏。

废书缘惜眼，多炙为随年。

经事还谙事，阅人如阅川。

细思皆幸矣，下此便翛然。

莫道桑榆晚，为霞尚满天。

【咏诗感怀】

白发，其实是一个人生命里程碑，它告示着，青春一去不复返了，更告诫你得抓紧再抓紧去做未竟之事。用坚实的步履，将生命的句号画得更熠熠生辉。刘禹锡这首诗，传递的就是皓首未晚、精神焕发、昂扬向上的"正能量"。正如诗中所云，白发乃经验丰富的标志，处世老成的信赖，儒雅沉稳的象征……莫道桑榆晚，为霞尚满天！

人渐渐老去，乃人生之规律；人老而不言老，乃一种精神上的放达。前者是必须要面对的现实：你能避开"尽日闭门居"的日常生活吗？你能远离"多炙为随年"的无常病痛吗？吾想，上至高官，下至黎民，谁也无法幸免。后者则是一种豁达的人生态度：莫怪世人容易老，青山也有白头时。太阳看起来好像是沉下去了，实在不是沉下去而是在不断地辉耀着。这首诗欲告诫读者的，正是这一人生的哲理。

酬乐天扬州初逢席上见赠

刘禹锡

巴山楚水凄凉地，二十三年弃置身。

怀旧空吟闻笛赋，到乡翻似烂柯人。

沉舟侧畔千帆过，病树前头万木春。

今日听君歌一曲，暂凭杯酒长精神。

【咏诗感怀】

吾以为，这首诗堪称是中国古代贬官文化中的上乘之作，酬赠诗之上品。刘禹锡长达二十三年凄凉的被贬谪生涯，忍受了太多的痛苦与磨难，看够了太多势利小人的冷眼。此时，突然得到老朋友白居易赠的诗："亦知合被才名折，二十三年折太多"，对自己的不幸遭遇表达了愤愤不平与深切同情，这种情深意切的友情，只有身处逆境中的他才会品味得深刻，体会得透彻。因为，真友情往往就在人生低潮之中才能显现出来。真正的友情与身份、地位和处境没有任何关系。

于是，刘禹锡便把满腔抑郁与振奋，化成了这首字字珠玑的诗文。虽以"沉舟""病树"自喻，忆起往事无比惆怅，但却因友情的慰藉，内心无比宽慰：沉舟侧畔，有千帆竞发；病树前头，正万木逢春！

石头城

刘禹锡

山围故国周遭在，潮打空城寂寞回。
淮水东边旧时月，夜深还过女墙来。

【咏诗感怀】

吾愈来愈觉得，系统地阅读唐诗的过程，实质上是一次今人与古人之间相碰撞的过程。这种碰撞构成了一种风生水起的文化磁场，彼此间都因碰撞发生了改变，我改变了，古人也改变了，古人怎么改变？因为他们已经长在我身上，岂能不变？回望一部中国古代史，不由地让吾想起了元代张可久的一阙《卖花声》："美人自刎乌江岸，战火曾烧赤壁山，将军空老玉门关。伤心秦汉，生灵涂炭，读书人一声长叹！"这一声"长叹"，绝非悲叹，而是万分慨叹：沧桑之慨、兴亡之叹！刘禹锡的这首《石头城》，咏史而叹，写得最好，可谓空前绝后。

蜀先主庙

刘禹锡

天地英雄气，千秋尚凛然。

势分三足鼎，业复五铢钱。

得相能开国，生儿不象贤。

凄凉蜀故妓，来舞魏宫前。

【咏诗感怀】

这是一首咏史诗，借蜀汉历史兴亡总结其中的得与失。从全诗看，基调慷慨悲壮，鼓荡着历史兴衰之叹，令人读来荡气回肠。

秋　词

刘禹锡

自古逢秋悲寂寥，我言秋日胜春朝。

晴空一鹤排云上，便引诗情到碧霄。

【咏诗感怀】

刘禹锡因仕途坎坷，故一生才气尽注在诗词歌赋上。他在被贬郎州司马期间，写过一首类似民歌的《竹枝词》，影响巨大，为唐诗开辟了一个新领域，被誉为"诗豪"。从这首诗中看得出来，这位诗人虽身处逆境，然百折不挠，性情乐观。一反悲秋伤春之传统，满眼的盎然春意、晴空万里，心中充满无限希望与憧憬，字里行间洋溢着乐观主义精神。读来令人振奋！

赏牡丹

刘禹锡

庭前芍药妖无格，池上芙蕖净少情。

唯有牡丹真国色，花开时节动京城。

【咏诗感怀】

　　牡丹为何被视为中国的"国花"，恐源自这首诗。诗人对牡丹情有独钟，将芍药、荷花与牡丹相比对，褒此贬彼，嫌芍药艳丽妩媚，太妖，惧荷花洁净素雅，太静。唯有牡丹雍容华贵，神韵毕呈，方能产生"动京城"的效应，此乃真正的国色天香，全诗巧妙地运用一个"赏"字，貌似公正，实乃诗人一孔之见矣。

柳枝词

刘禹锡

清江一曲柳千条，二十年前旧板桥。
曾与美人桥上别，恨无消息到今朝。

【咏诗感怀】

一湾春江，千条碧柳，春光依旧；"二十年前旧板桥"，旧地重游，一晃二十年过去了。长条乱拂春波动，佳人无影何处寻！一桩情事在诗人心中徘徊："曾与美人桥上别，恨无消息到今朝。"一往情深，深沉幽怨，极尽含蓄之妙。

诗贵含蓄，尤其情诗。蓦地，联想到清代有一个妓女曾写过一首离别诗，诗中道："临歧几点相思泪，滴向秋阶发海棠。"用今天的话说，将客人送到临行的岔口，将要分别的时候，滴滴相思的泪水洒落到阶下，泪洒的地方长出海棠花来。真是情义缠绵，婉曲回环，如一汪清泉水，从读者的心底潜潜流过，撩人情怀，诗意浓郁得令人陶醉！

赋得古原草送别

白居易

离离原上草，一岁一枯荣。
野火烧不尽，春风吹又生。
远芳侵古道，晴翠接荒城。
又送王孙去，萋萋满别情。

【咏诗感怀】

据《全唐诗》记载，这是白居易十六岁时写的一首诗，可称得上是中国流传最为广泛的古诗之一了。尤其"野火烧不尽，春风吹又生"两句，饱含哲理，揭示万物都有它的生长规律，新事物替代旧事物，正如四季更替一样，此乃自然规律。此诗不光辞美、意境美，还有给予的精神给养，更打动人。

琵琶行

白居易

元和十年，予左迁九江郡司马。明年秋，送客溢浦口，闻舟中夜弹琵琶者。听其音，铮铮然有京都声。问其人，本长安倡女，尝学琵琶于穆、曹二善才。年长色衰，委身为贾人妇。遂命酒，使快弹数曲。曲罢悯默，自叙少小时欢乐事，今漂沦憔悴，转徙于江湖间。予出官二年，恬然自安，感斯人言，是夕始觉有迁谪意。因为长句，歌以赠之，凡六百一十六言。命曰《琵琶行》。

浔阳江头夜送客，枫叶荻花秋瑟瑟。
主人下马客在船，举酒欲饮无管弦。
醉不成欢惨将别，别时茫茫江浸月。
忽闻水上琵琶声，主人忘归客不发。
寻声暗问弹者谁？琵琶声停欲语迟。
移船相近邀相见，添酒回灯重开宴。
千呼万唤始出来，犹抱琵琶半遮面。
转轴拨弦三两声，未成曲调先有情。
弦弦掩抑声声思，似诉平生不得志。
低眉信手续续弹，说尽心中无限事。
轻拢慢捻抹复挑，初为霓裳后六幺。

大弦嘈嘈如急雨，小弦切切如私语。

嘈嘈切切错杂弹，大珠小珠落玉盘。

间关莺语花底滑，幽咽泉流冰下难。

冰泉冷涩弦凝绝，凝绝不通声暂歇。

别有幽愁暗恨生，此时无声胜有声。

银瓶乍破水浆迸，铁骑突出刀枪鸣。

曲终收拨当心画，四弦一声如裂帛。

东船西舫悄无言，唯见江心秋月白。

沉吟放拨插弦中，整顿衣裳起敛容。

自言本是京城女，家在虾蟆陵下住。

十三学得琵琶成，名属教坊第一部。

曲罢曾教善才服，妆成每被秋娘妒。

五陵年少争缠头，一曲红绡不知数。

钿头银篦击节碎，血色罗裙翻酒污。

今年欢笑复明年，秋月春风等闲度。

弟走从军阿姨死，暮去朝来颜色故。

门前冷落鞍马稀，老大嫁作商人妇。

商人重利轻别离，前月浮梁买茶去。

去来江口守空船，绕船月明江水寒。

夜深忽梦少年事，梦啼妆泪红阑干。

我闻琵琶已叹息，又闻此语重唧唧。

同是天涯沦落人，相逢何必曾相识！

我从去年辞帝京，谪居卧病浔阳城。

浔阳地僻无音乐，终岁不闻丝竹声。

住近湓江地低湿，黄芦苦竹绕宅生。

其间旦暮闻何物？杜鹃啼血猿哀鸣。

春江花朝秋月夜，往往取酒还独倾。

岂无山歌与村笛？呕哑嘲哳难为听。

今夜闻君琵琶语，如听仙乐耳暂明。

莫辞更坐弹一曲，为君翻作琵琶行。

感我此言良久立，却坐促弦弦转急。

凄凄不似向前声，满座重闻皆掩泣。

座中泣下谁最多？江州司马青衫湿。

【咏诗感怀】

一声琴，一声泣，悲愤难鸣无尽期！无论何时吟诵这首《琵琶行》都能让人黯然神伤！《唐宋诗醇》中说："满腔迁谪之感，借商妇以发之，有同病相怜之意焉。比兴相纬，寄托遥深，其意微以显，其情哀以思，其辞丽以则。"用浅近流转的语言描写了一位动人怜惜的风尘女子形象，仅凭此诗，白居易就足以永垂不朽！"同是天涯沦落人，相逢何必曾相识。"毛泽东读《琵琶行》时曾在这两句下面划了许多加重号，并批道："江州司马，青衫泪湿。同在天涯，作者与琵琶演奏者有平等心情。白诗高处在此，不在他处。"有诗云："童子解吟《长恨》曲，胡儿能唱《琵琶》篇"，连边塞少数民族儿童都能背诵，足见此诗家喻户晓、影响深远矣！

长恨歌

白居易

汉皇重色思倾国，御宇多年求不得。

杨家有女初长成，养在深闺人未识。

天生丽质难自弃，一朝选在君王侧。

回眸一笑百媚生，六宫粉黛无颜色。

春寒赐浴华清池，温泉水滑洗凝脂。

侍儿扶起娇无力，始是新承恩泽时。

云鬓花颜金步摇，芙蓉帐暖度春宵。

春宵苦短日高起，从此君王不早朝。

承欢侍宴无闲暇，春从春游夜专夜。

后宫佳丽三千人，三千宠爱在一身。

金屋妆成娇侍夜，玉楼宴罢醉和春。

姊妹弟兄皆列土，可怜光彩生门户。

遂令天下父母心，不重生男重生女。

骊宫高处入青云，仙乐风飘处处闻。

缓歌慢舞凝丝竹，尽日君王看不足。

渔阳鼙鼓动地来，惊破霓裳羽衣曲。

九重城阙烟尘生，千乘万骑西南行。

翠华摇摇行复止，西出都门百余里。

六军不发无奈何，宛转蛾眉马前死。

花钿委地无人收，翠翘金雀玉搔头。

君王掩面救不得，回看血泪相和流。

黄埃散漫风萧索，云栈萦纡登剑阁。

峨眉山下少人行，旌旗无光日色薄。

蜀江水碧蜀山青，圣主朝朝暮暮情。

行宫见月伤心色，夜雨闻铃肠断声。

天旋地转回龙驭，到此踌躇不能去。

马嵬坡下泥土中，不见玉颜空死处。

君臣相顾尽沾衣，东望都门信马归。

归来池苑皆依旧，太液芙蓉未央柳。

芙蓉如面柳如眉，对此如何不泪垂。

春风桃李花开日，秋雨梧桐叶落时。

西宫南内多秋草，落叶满阶红不扫。

梨园弟子白发新，椒房阿监青娥老。

夕殿萤飞思悄然，孤灯挑尽未成眠。

迟迟钟鼓初长夜，耿耿星河欲曙天。

鸳鸯瓦冷霜华重，翡翠衾寒谁与共。

悠悠生死别经年，魂魄不曾来入梦。

临邛道士鸿都客，能以精诚致魂魄。

为感君王辗转思，遂教方士殷勤觅。

排空驭气奔如电，升天入地求之遍。

上穷碧落下黄泉，两处茫茫皆不见。

忽闻海上有仙山，山在虚无缥缈间。

楼阁玲珑五云起，其中绰约多仙子。

中有一人字太真，雪肤花貌参差是。

金阙西厢叩玉扃，转教小玉报双成。

闻道汉家天子使，九华帐里梦魂惊。

揽衣推枕起徘徊，珠箔银屏迤逦开。

云鬓半偏新睡觉，花冠不整下堂来。

风吹仙袂飘飘举，犹似霓裳羽衣舞。

玉容寂寞泪阑干。梨花一枝春带雨。

含情凝睇谢君王，一别音容两渺茫。

昭阳殿里恩爱绝，蓬莱宫中日月长。

回头下望人寰处，不见长安见尘雾。

唯将旧物表深情，钿合金钗寄将去。

钗留一股合一扇，钗擘黄金合分钿。

但教心似金钿坚，天上人间会相见。

临别殷勤重寄词，词中有誓两心知。

七月七日长生殿，夜半无人私语时。

在天愿作比翼鸟，在地愿为连理枝。

天长地久有时尽，此恨绵绵无绝期。

【咏诗感怀】

　　好一首凄凄切切的《长恨歌》! 好一部凄怆悲凉的爱情故事! 好一个风流倜傥的皇帝! 千古绝唱，荡气回肠! 撕心裂肺，此恨绵长!

闲居春尽

白居易

闲泊池舟静掩扉，老身慵出客来稀。
愁应暮雨留教住，春被残莺唤遣归。
揭瓮偷尝新熟酒，开箱试著旧生衣。
冬裘夏葛相催促，垂老光阴速似飞。

【咏诗感怀】

纵是人生再辉煌，到老了，谁都逃脱不了"夕阳无限好，只是近黄昏"的无奈命运。曹操当年胸怀"老骥伏枥，志在千里；烈士暮年，壮心不已"的志向，也不过仅仅是一种感怀而已，终归心有余而力不足矣。老了，就得服老，像白居易一样，以诗酒自娱。

这首诗是白居易晚年隐居洛阳所作，描写老年人对晚年残余岁月的伤感，十分灵动透彻。尤其这句："开箱试著旧生衣"，打开箱子，把以前穿过的旧衣服重新翻出来，一件件地试穿。从这句诗中，我们尤能触摸到诗人那种闲寂中百无聊赖的情态。读到此，联想到白居易曾拥有的乘龙之才、射虎之威，禁不住令人心酸泪奔！

大林寺桃花

白居易

人间四月芳菲尽，山寺桃花始盛开。

长恨春归无觅处，不知转入此中来。

【咏诗感怀】

吾亦有过在大山深处观赏春光的经历。四十多年前，在那遥远的天山脚下的达坂城，就遇到五月开杏花的情景，与此诗中描述的四月在大林寺观看盛开的桃花一样，比其他地方花开晚了一个多月。这是因为山里的气候比平地回暖慢，乍暖还寒的缘故。

古今中外歌颂春光的诗篇数不胜数，然而白居易这首《大林寺桃花》却不同凡响，乃无数春光诗篇中不可多得的珍品。将春光聚焦在桃花上，并运用拟人化的艺术手法，赋予桃花顽皮惹人的性格及情趣，在平地上尽散芬芳之后，像捉迷藏一样，又偷偷地躲进山中大林寺来怒放。全诗散发出无比天真可爱、情趣盎然的趣味。诗人若没有一颗童心，没有一种情怀，没有高超的写作技能，无论如何是写不出这样构思灵巧而又戏语雅趣的诗篇的。

邻 女

白居易

娉婷十五胜天仙，白日姮娥旱地莲。
何处闲教鹦鹉语，碧纱窗下绣床前。

【咏诗感怀】

吾发现，但凡唐代大诗人均为一些至情至性之人：爱到深处，恨亦动人，千般情感，万般情怀。就如同白居易这首写给初恋情人湘灵的痴迷诗：碧纱窗下，绣床前湘灵的一颦一语都令诗人痴醉心迷。在诗人眼里，她美过天仙，胜过嫦娥，堪比旱地莲。字里行间飘荡着缠绵悱恻。

有道是，大唐诗人的风流，一半给了酒，一半给了女人。细数大唐三百年，要么醉泡在酒坛中酣梦不醒，要么沉醉于温柔怀抱中死也风流。别的不提，至少晚唐大诗人杜牧算一个。

钱塘湖春行

白居易

孤山寺北贾亭西，水面初平云脚低。

几处早莺争暖树，谁家新燕啄春泥。

乱花渐欲迷人眼，浅草才能没马蹄。

最爱湖东行不足，绿杨阴里白沙堤。

【咏诗感怀】

这简直就是一篇极度浓缩的西湖游记。字字含景，景景含春，令人陶醉，吟诵不已。桃红柳绿、莺歌燕舞的西湖春色，乃使杭州获得"天堂"美誉的主因；而西湖得以名扬天下、誉满古今，得益于在天堂杭州生活过的诸位诗人，其中为西湖宣传最卖力、最出色的，当属白居易和苏轼两位大文豪了。

白居易的这首七律《钱塘湖春行》，就是广为世人传颂的一首。这首诗不仅描绘了西湖美不胜收的春光，以及世间万物在春色的沐浴下的勃勃生机，而且将诗人陶醉在这春嫩色鲜中的心态和盘托出。今日杭州人，尤其要铭记这些为盛名杭州做出杰出贡献的"灵魂工程师"，因为大自然的景象是不可能绝对的美，美都是从这些大师的灵魂深处发出的！

卖炭翁

白居易

卖炭翁，伐薪烧炭南山中。

满面尘灰烟火色，两鬓苍苍十指黑。

卖炭得钱何所营？身上衣裳口中食。

可怜身上衣正单，心忧炭贱愿天寒。

夜来城外一尺雪，晓驾炭车辗冰辙。

牛困人饥日已高，市南门外泥中歇。

翩翩两骑来是谁？黄衣使者白衫儿。

手把文书口称敕，回车叱牛牵向北。

一车炭，千余斤，宫使驱将惜不得。

半匹红绡一丈绫，系向牛头充炭直。

【咏诗感怀】

纵览一部浩瀚无边的中国文学史，若论影响最大的古代诗人，无疑当数李白和杜甫两个人。前一位被尊为伟大的浪漫主义诗人，后一位被尊为杰出的现实主义诗人。但若以单篇作品论英雄，白居易这首《卖炭翁》却以驷马难追的翘楚地位，傲立于中国现实主义诗歌之林！遥想当年在乌鲁木齐八一中学向学生讲授《卖炭翁》时，最令吾动容的就是"心忧炭贱愿天寒"这句：同学们，这位老大爷担心煤卖不出价钱，心里盼望着天气再寒冷一些，宁肯忍受加倍的寒冷，以便能多卖一点钱。这是多么悲惨的情景啊。至今再读，依然顿觉鼻酸。这首诗用寻常的话，写寻常的事，明白自然，真实生动地再现了那个时代社会现实和底层劳苦百姓深重的灾难和痛苦，不愧为伟大的现实主义杰作：好的文学作品都离不开作者所处的历史时代背景，它其实就是现实社会的一面多棱镜。

邯郸冬至夜思家

白居易

邯郸驿里逢冬至，抱膝灯前影伴身。

想得家中夜深坐，还应说着远行人。

【咏诗感怀】

在遥远的南方逢冬至，不由得想起白居易这首诗，处境和吾一样。只是他老人家独自一人恰逢冬至，吾乃全家团聚逢冬至。一个是佳节倍思亲，一个是有幸聚团圆。虽感受不同，但同在异乡为异客，同在异乡逢冬至，这一点令吾对白翁的这首诗更多了一些认同。

记得当代知名文化人余秋雨在北大授课时说过，要确认一个文化意义上的中国人，有一个最简便的办法，那就是看他能不能背几首唐诗。如果你能在遥远的海外聊起中国文化，没有说到唐诗，那就会像一次演奏少了一种最重要的乐器。此刻，身居遥远的异乡，对余先生这段评判犹感中肯贴切，余先生不愧为大师级的文化人。当然白居易更是中国文化史上的大人物，他的两首长诗《长恨歌》与《琵琶行》，奠定了他在唐代诗人中靠前地位，更奠定了他关注民生、推动历史向前的伟大时代变革者的地位。这首冬至诗，虽然也是一首并无多少深意的思乡曲，但全诗无一个思字，然思绪浸透纸背，笔力何其了得！

暮江吟

白居易

一道残阳铺水中，半江瑟瑟半江红。
可怜九月初三夜，露似真珠月似弓。

【咏诗感怀】

现代人的记忆负担太沉重，越是科技现代化，需要死记硬背的东西（诸如程序、符号等）反而愈多。一个不以文学、写作为专业的普通中国人，心中应该记住多少唐诗呢？吾以为，不在乎数量的多少，凡能一下子触动自己内心并产生共鸣的诗或诗句，记住它就可以了。但不管记多少，白居易的几首诗或诗句，中国人记得住的不在少数。因为白翁的诗与当代中国社会贴得最近，与某种流行的理念竟合得上节拍。他的诗总是透着一种政治上怀才不遇的自怜情绪。然而，白翁的这首诗却剔除了媚气，一反常态，驱离政治，乐山乐水，欣然陶醉于残阳碧波与月牙初悬的奇妙的意境之中。"一道残阳铺水中"，"露似珍珠月似弓"，多么迷人的景色！多么静谧的心态！

251

后宫词

白居易

泪湿罗巾梦不成，夜深前殿按歌声。
红颜未老恩先断，斜倚薰笼坐到明。

【咏诗感怀】

自古以来中国人在善恶价值取向上是一脉相承的，不仅现代人喜欢黑白分明、善恶缠斗的后宫故事，史书和古典文学作品中亦充斥着多如牛毛的后宫生活的记载。仅清代蘅塘退士所选编的唐诗三百首中，以"宫词"为题的作品就有不少，除了白居易的这首外，还有薛逢《宫词》、张裕《宫词》、顾况《宫词》、朱庆馀《宫词》、王昌龄《春宫曲》等等，从人性人道的立场出发，对封建皇权给予强烈的批判，对真、善、美给予热情的讴歌，诗中所体现出的价值观与现代人的价值观如出一辙！

白居易这首《后宫词》，真实地记录了后宫一位失宠宫女的血泪控诉，倾注了诗人对这位不幸宫女的深切同情。

夜 筝

白居易

紫袖红弦明月中，自弹自感暗低容。
弦凝指咽声停处，别有深情一万重。

【咏诗感怀】

鲁迅先生有句名言：于无声处听惊雷。每吟咏此诗，心灵深处均感到一阵阵强撼，如惊雷滚滚，真乃"别有深情一万重"啊！大美在无声，这首诗美就美在，此处无声胜有声，是一种心与心的潜潜交融。

吾之所以对这首诗情有独钟，还在于其声韵之美，诵唱时金声玉振、抑扬悦耳、声调悠扬，乐感极强。清代格律派诗评家沈德潜说过："诗以声为用者也。"唐诗是吟诵出来的，借声韵表达含意，吟诵时大部分音都会被拉长、放大，声韵的意义就凸显出来。

代迎春花招刘郎中

白居易

幸与松筠相近栽，不随桃李一时开。
杏园岂敢妨君去，未有花时且看来。

【咏诗感怀】

在我们北方，最先传递"春"姑娘信息的，并非梅花，而是迎春花。迎春花又名黄梅、金腰带、小黄花，与梅花、水仙和山茶花并称"雪中四友"。迎春花枝条纤细蔓长，可达三四尺，如柳枝一般婀娜多姿。初春开花时，尚无片叶，一朵朵鹅黄色的小花，缀满整条枝身，不妖不艳，花期很长。白乐天这首《代迎春花招刘郎中》将迎春花与青松相媲美，精准极了！两者冰骨玉肌，耐寒傲雪，在花事惨淡的季节独自灿烂怒放，给自然以生机，给世间以抚慰，带着春天的脚步正向我们快步走来。

慈乌夜啼

白居易

慈乌失其母，哑哑吐哀音。

昼夜不飞去，经年守故林。

夜夜夜半啼，闻者为沾襟。

声中如告诉，未尽反哺心。

百鸟岂无母，尔独哀怨深。

应是慈母重，使尔悲不任。

昔有吴起者，母殁丧不临。

嗟哉斯徒辈，其心不如禽。

慈乌复慈乌，鸟中之曾参。

【咏诗感怀】

白居易是唐代最丰产的诗人之一，流传至今的诗篇多达三千余首，数量之多，为唐人之冠。且其诗章以平易晓畅著称，当时就广为流传。他主张"文章合为时而著，歌诗合为事而作"。用今天的话诠释，就是写作要富于历史的使命感，要倾听时代的足音，把握时代的脉搏，为时代而唱，为时代而写。他的代表作《卖炭翁》《琵琶行》，可以说是深刻反映那个时代的现实主义杰作。

吾以为，文学必须尽到的一个责任，就是社会担当。这首《慈

255

乌夜啼》，清楚地传达出一种道德意图：借鸟说事，以鸟喻人，告诫社会要以孝为先、以孝为大。这首诗无论从哪个方面衡量，均与当今社会所倡导的精神高度契合，具有极强的现实意义。

悯农（其一）

李　绅

锄禾日当午，汗滴禾下土。
谁知盘中餐，粒粒皆辛苦。

【咏诗感怀】

有道是：岁月是一亩一亩的田。只要你有血与汗的付出，就一定会有丰硕的收成。此诗如同一首民歌——民间语言、民歌旋律，但由诗人的绣口一出，却像一块玲珑剔透的翡翠，从此在华夏民族心中便成了经典，口口相传，历经时光的淘洗，在中华民族儿女的心中产生永久性的影响。

与浩初上人同看山寄京华亲故

柳宗元

海畔尖山似剑铓，秋来处处割愁肠。
若为化得身千亿，散上峰头望故乡。

【咏诗感怀】

中国文学史上位列"唐宋八大家"之一的柳宗元，昔日读他的散文多，如《黔之驴》《小石潭记》《捕蛇者说》等，自此匍匐于其脚下，并成为吾学步散文的基础临摹之作。

今又细品其诗作，心中更惊起一片涟漪！尤其这首怀乡念家之作，融情入景，把埋藏在心底的抑郁之情，不可遏止地喷射而出，犹如天上之水，飞流直泻，给人"一种魂悸魄动的感觉"。

登柳州城楼寄漳汀封连四州刺史

柳宗元

城上高楼接大荒，海天愁思正茫茫。

惊风乱飐芙蓉水，密雨斜侵薜荔墙。

岭树重遮千里目，江流曲似九回肠。

共来百越文身处，犹自音书滞一乡。

【咏诗感怀】

严羽《沧浪诗话》云："唐人好诗，迁谪、行旅、离别之作，往往尤能感人动意。"所谓愤怒出诗人，正是也。唐顺宗元年（805），柳宗元因"永贞革新"失败被贬至广西柳州任刺史。上任伊始，登楼远眺，思念同时遭贬的四州刺史，百感交集，于是奋笔写下这首七律。全诗饱蘸悲怨，今日读来，仍愁思弥漫，感伤动人！

江 雪

柳宗元

千山鸟飞绝，万径人踪灭。

孤舟蓑笠翁，独钓寒江雪。

【咏诗感怀】

千里冰封，万里雪飘，"千山""万径"都是雪。如此寥廓沉寂背景之下，在漫天飞雪的江面上，一叶小舟，一位老渔翁，竟然不怕寒冷，不怕雪大，独自在寒冷的江心专心垂钓。令人在惊叹这位孤傲清高、神话般的仙翁的不同凡响之外，更被这幅形象地展示给读者那种摆脱世俗、超然物外的意象所感染所打动！仿佛霎时让心灵提升到清醇而又高迈的境界。记得余秋雨先生说过，唐诗对中国人而言，是一种全方位的美学唤醒：唤醒内心，唤醒山河，唤醒文化传承，唤醒生存本性。余先生所言极是！

题鹤林寺僧舍

李　涉

终日昏昏醉梦间，忽闻春尽强登山。
因过竹院逢僧话，偷得浮生半日闲。

【咏诗感怀】

　　这首诗仅背得出"偷得浮生半日闲"这一句即可。此乃全诗的点睛之笔，当代人最服帖的就是这句诗所展示的意境。越来越快节奏的现代生活，越来越负累的精神压力，越来越功利的人生追求，压得人喘不过气来。赶快想法解脱吧，哪怕仅偷得"半日闲"也好。让淡泊取代熙攘，让宁静取代浮躁，或躺在海边上，或躲进绿丛中——听海浪拍岸，听百花竞放。尝试着去感受另一种生活姿态和韵味。不妨试试吧，总比"终日昏昏醉梦间"要强上百倍！

行　宫

元　稹

寥落古行宫，宫花寂寞红。

白头宫女在，闲坐说玄宗。

【咏诗感怀】

这是当今男女老幼皆耳熟能详的一首唐诗，盖因为它能穿越时空，知人论世，将心比心，感悟多多；盖因为它语言如同口语，朴素无华，有背景，有境遇，有心情，贯通古今。现代人能读懂它，感悟其意境，还得感谢如今宫廷戏创作极其兴隆，多如牛毛的描写宫廷争斗的影视剧充斥影坛。故令中国观众熟悉皇宫生活如同熟悉现代生活一般，尤其是身处深宫最底层的宫女的悲惨生活，更是知其一，也知其二。吟此诗可对接影视剧中展示的宫廷生活，诗到画，画到诗，感悟形象深刻。

你瞧，行宫荒废，宫女白头，然花开如旧，何处话凄凉？在盛开的红花与寥落的行宫、宫女相互映衬之中，令人强烈感受到一种世迁时移的冷漠与凄凉。真乃：高墙花照开，贵妃已不在。一枕黄粱梦，泪飞哭未来。

菊　花

元　稹

秋丛绕舍似陶家，遍绕篱边日渐斜。

不是花中偏爱菊，此花开尽更无花。

【咏诗感怀】

菊花在古代乃超凡脱俗的隐逸者象征。此诗一如陶渊明"采菊东篱下，悠然见南山"之意境。菊花盛开百花杀，驱暑凉秋全仗它。

会真记

元　稹

自从销瘦减容光，万转千回懒下床。

不为旁人羞不起，为郎憔悴却羞郎。

【咏诗感怀】

《会真记》又名《莺莺传》，此传凄婉动人地记述了崔莺莺与张生相见、相悦、相欢、但终被抛弃的爱情故事。这首咏唱描绘的就是张生赴京赶考后，崔莺莺思念情人张生的情状与心境，相思之苦，九曲十肠，恋情别境，哀怨惆怅。

寻隐者不遇

贾 岛

松下问童子，言师采药去。
只在此山中，云深不知处。

【咏诗感怀】

吟此诗，其意深，其言简。平淡中见深沉，无华中耐寻味。

题诗后

贾 岛

两句三年得，一吟双泪流。
知音如不赏，归卧故山秋。

【咏诗感怀】

今人熟悉贾岛，恐怕皆因其发明了"推敲"一词。当年贾岛写了一首诗，其中有一句"僧敲月下门"。开始贾岛既想用"推"，又想用"敲"字，不知选用哪个好，正犹豫不决时，意外遇上了韩愈。韩愈了解了情况后，想了一会儿，说："就用'敲'吧。"从此，"推敲"两字，便成了深入思考问题，反复修改文字的典故，贾岛亦被誉为"苦吟诗人"。就像这首《题诗后》中所形容的"二句三年得，一吟双泪流"，与杜甫的"为人性僻耽佳句，语不惊人死不休"一样，功力何其了得！

一首传世之诗篇，若没有像僧人坐禅入定一样的苦吟精神，没有苦苦雕琢的硬功夫，绝无可能问世。据史书记载，孟浩然作诗，紧皱着眉头，反复吟之，皱得眉头都脱落了；王维构思诗作时，失神落魄，以至于错进了酿醋的作坊里。不下苦功夫，何来盖世之作？

宫 词

张 祜

故国三千里，深宫二十年。
一声何满子，双泪落君前。

【咏诗感怀】

每每吟诵这首《宫词》，总有一股透心凉直冲脑门。这是一首宫女的断肠歌，字字含泪，声声啼血，将宫女一生悲惨、辛酸之命运写到了极点，将宫女几近气绝的哀怨声放大到了极点。这真是：

可怜我孤身只影无亲眷，
则落得个吞声忍气空嗟怨。
浮云为我阴，
悲风为我旋，
红尘如啼鹃，
两眼泪涟涟！

雁门太守行

李 贺

黑云压城城欲摧，甲光向日金鳞开。

角声满天秋色里，塞上燕脂凝夜紫。

半卷红旗临易水，霜重鼓寒声不起。

报君黄金台上意，提携玉龙为君死。

【咏诗感怀】

此诗借绚丽多彩的自然景观来比喻悲壮惨烈的战争场面，例如用压城的黑云暗喻敌军气焰嚣张，借向日之甲光显示守城将士雄姿英发。但当代人更多的是从自然景观去"穿越"此诗的意境，吾亦然。台风"彩虹"袭粤，风雨交加，黑云压城……不由得想起这首著名的唐诗，故选之。

金铜仙人辞汉歌

李 贺

魏明帝青龙元年八日，诏宫官牵车西取汉孝武捧露盘仙人，欲立置前殿。宫官既拆盘，仙人临载，乃潸然泪下。唐诸王孙李长吉遂作《金铜仙人辞汉歌》。

> 茂陵刘郎秋风客，夜闻马嘶晓无迹。
> 画栏桂树悬秋香，三十六宫土花碧。
> 魏官牵车指千里，东关酸风射眸子。
> 空将汉月出宫门，忆君清泪如铅水。
> 衰兰送客咸阳道，天若有情天亦老。
> 携盘独出月荒凉，渭城已远波声小。

【咏诗感怀】

"金铜仙人"是汉武帝建造的，矗立在神明台上，"高二十丈，大十围"，气势十分雄伟。公元二三三年被拆离汉宫，运往洛阳，据说拆装金铜仙人时，狂风大作，声闻数十里，铜人伤心哭泣。其实，后因"重不可致"，最终还是留在了霸城。可以说，"金铜仙人"是刘汉王朝由盛到衰的"见证人"。这里，诗人只不过是借金铜仙人辞汉的史实，来发泄自己内心的兴亡之感、家国之痛和身世之悲罢了。诗人作此诗时，正值因病辞职由京师长安赴洛阳的途中，其时唐王朝已败相丛生，藩镇割据，兵祸迭起，民不聊生；而诗人亦仕途坎坷，处处碰壁，报国无门，最后不得不含愤离去。诗中所抒发的正是这样一种交织着社稷之痛和个人之悲的绝望情绪，实则是将金铜仙人暗比自己。此诗为李贺的代表作之一，尤其"天若有情天亦老"一句，奇绝无比，广为传颂，曾被毛泽东引用在其诗《七律·人民解放军占领南京》中。

马 诗（其五）

李 贺

大漠沙如雪，燕山月似钩。
何当金络脑，快走踏清秋。

【咏诗感怀】

　　唐代鬼才诗人李贺所作《马诗》共有二十三首，名为咏马，实际上是借物抒怀，通过咏马、赞马、叹马的命运，来表现边关将士的豪迈气概、飒爽英姿及怀才不遇的愤懑。在唐代，马成为一种精神图腾，故而，马在唐代诗文中是一个频繁出现的意象。在唐代咏马诗人中，李贺与杜甫诗是最具有代表性的。在李贺的诗作中，涉及马的内容竟达八十三首之多，占其全部诗作的三分之一左右。尤其是《马诗》，极具特色。

致酒行

李 贺

零落栖迟一杯酒，主人奉觞客长寿。

主父西游困不归，家人折断门前柳。

吾闻马周昔作新丰客，天荒地老无人识。

空将笺上两行书，直犯龙颜请恩泽。

我有迷魂招不得，雄鸡一声天下白。

少年心事当拿云，谁念幽寒坐呜呃。

【咏诗感怀】

唐代诗人中，王维、李白、杜甫、李贺被称为"唐诗四杰"。他们的诗各有特色，王维闲静淡远，富于禅趣画意，被称为"诗佛"；李白清新俊逸，飘飘然有仙气，被称为"诗仙"；杜甫浑厚深挚，有忧世爱民之情怀，被称为"诗圣"；而李贺则幽峭离奇，多神怪诡异之气，被称为"诗鬼"。

遥忆当年，咏诵此诗，勃然喷发"少年心事当拿云"之雄心壮志；而今再读此诗，依然让人血脉贲张，仍满心满怀充溢着"一唱雄鸡天下白"的浪漫主义情怀！

咸阳城东楼

许　浑

一上高城万里愁，蒹葭杨柳似汀洲。
溪云初起日沉阁，山雨欲来风满楼。
鸟下绿芜秦苑夕，蝉鸣黄叶汉宫秋。
行人莫问当年事，故国东来渭水流。

【咏诗感怀】

登高而赋诗，是古代诗人的共同爱好。孔子曾说过："君子登高必赋"。这是因为登高临深，观山则情满于山，观海则情溢于海，远见之乐也。到了唐代，登高诗更成为诗歌一大门类。许浑的这首秋夕登楼抒怀之作，可以说是满纸愁云，满腹伤感，不知不觉地就将读者引入一片悲怆苍凉的意境之中：高楼晚眺，云初起，日西斜，雨欲来，风满楼，蝉鸣稀，秋叶黄，瞻望古今，秦苑荒，汉宫废，国家亡，问君还有几多愁？恰是一江春水向东流！吟罢，余音绕梁，唏嘘不已，其景别致而凄美，其情愁苦而悲怆，其意蕴藉而苍凉，其境雄阔而高远，真不愧为晚唐登临之作的辉煌！

谢亭送别

许　浑

劳歌一曲解行舟，红叶青山水急流。

日暮酒醒人已远，满天风雨下西楼。

【咏诗感怀】

许浑的这首离别诗，言浅意深，吟之动情！南宋《漫斋语录》云："诗用意要精深，下语要平淡。"纵览古诗，凡流传至今的好诗，盖拥此特色。

过华清宫

杜　牧

长安回望绣成堆，山顶千门次第开。

一骑红尘妃子笑，无人知是荔枝来。

【咏诗感怀】

杜牧是晚唐时期的著名诗人，尤以七言绝句最出色，其绝句风格高绝俊健、鲜明自然，表现出极高的文字驾驭能力。杜牧这首诗用极生动典型的艺术形象，再现了当年唐玄宗与杨贵妃骄奢淫逸的腐朽生活情景：为满足一妃子爱吃荔枝的胃口，竟不惜动用一切国家权力手段，劳民伤财，差人从遥远的广东不分昼夜、马不停蹄地往华清宫运送带着露珠儿的新鲜荔枝。正因为这种至极的腐败，才最终导致"马嵬坡事件"的惨剧。其血淋淋、沉甸甸的历史兴亡之教训，为后世敲响了永恒的警钟。

吴乔《围炉诗话》中说："诗贵有含蓄不尽之意，尤以不著意见声色故事议论者为最上"。诗中不说玄宗荒淫好色，杨贵妃恃宠而骄，而是以"一骑红尘"与"妃子笑"作对比，"一骑红尘"隐含的是无数个驿卒的血汗和无数匹战马的死亡；"妃子笑"的背后，正是封建统治者不恤民力，呈一己之私欲而置民于水火之中的形象写照。以小见大、含蓄、精深，正是其艺术魅力之所在。

江南春

杜　牧

千里莺啼绿映红，水村山郭酒旗风。
南朝四百八十寺，多少楼台烟雨中。

【咏诗感怀】

　　咏此诗有一种春风荡怀、风雨沧桑之感！脑海中蓦地蹦出毛泽东"风物长宜放眼量"之喟叹。历史车轮滚滚向前，长江后浪推前浪，成功与失败只是人生的一段路。沧海桑田，苦乐悲喜，鼎食钟鸣，转瞬即逝，多少楼台风雨中！

题宣州开元寺水阁，阁下宛溪，夹溪居人

杜 牧

六朝文物草连空，天淡云闲今古同。

鸟去鸟来山色里，人歌人哭水声中。

深秋帘幕千家雨，落日楼台一笛风。

惆怅无因见范蠡，参差烟树五湖东。

【咏诗感怀】

不知怎的，一读此诗，不由地就联想起明代诗人杨慎的《临江仙》："滚滚长江东逝水，浪花淘尽英雄。是非成败转头空，青山依旧在，几度夕阳红。"这两首诗有异曲同工之妙，一种面对"无边落木萧萧下，不尽长江滚滚来"般浩瀚的历史，所引发出的兴衰之感、沉浮之慨、惆怅之情！

吟诵此诗，如踩着节奏感极强的现代音乐的节拍，那叫一个爽利、轻快！"鸟去鸟来山色里""落日楼台一笛风"。各种飞鸟频繁穿梭在山色之中，夕阳余晖下楼台，在晚风中传来悠扬的笛声，一幅多么悠闲沉醉的景致啊！置身于如此美妙的风光之中，何来的惆怅哀怨呢？只能有一个解释：诗人如牛负重，放不下历史的重任与担当。

齐安郡中偶题（其一）

杜 牧

两竿落日溪桥上，半缕轻烟柳影中。

多少绿荷相倚恨，一时回首背西风。

【咏诗感怀】

有道是，自古名胜出文章。中国许多的著名景观，包括岳阳楼在内的江南三大名楼，多是文化与自然相互生成的产物。据说，岳阳楼什么时间修建的，主持修建者为何人？均已无从考证，但是随便从中学里找一个孩子来问，都能说得出"庆历四年春，滕子京谪守巴陵郡"。滕子京只是一个翻修者，却享受了比建楼者更加崇高的历史地位，主要还是因其眼光独到，请了范仲淹来写这篇记述。如果不是范仲淹撰写的《岳阳楼记》，如果没有这些历代的名文、名诗在其中，岳阳楼就不可能出名。恰恰是这些优秀的文化遗迹，才成就了一个个名胜古迹，这座并不显眼的小楼就不会产生让络绎不绝的游客顶礼膜拜的非凡气势！从中不难看出，文章与景物相映生辉，乃中国文学史上一道独特的风景。

所以，自然景观若没有文化的亲润、重建，若没有文化人传之史册，诵之后人，也仅仅是默默无闻的自然山水而已。今日湖北黄州（唐朝的齐安郡），若不是杜牧这首充满诗情画意的著名诗篇，绝勾不起一直以来吾特别想去黄州一游的冲动！

早 雁

杜 牧

金河秋半虏弦开，云外惊飞四散哀。

仙掌月明孤影过，长门灯暗数声来。

须知胡骑纷纷在，岂逐春风一一回？

莫厌潇湘少人处，水乡菰米岸莓苔。

【咏诗感怀】

这是一首托物抒怀的诗。时任黄州刺史的杜牧，听到北方回鹘族乌介可汗率兵南侵引起边民纷纷逃亡的消息后，对朝廷腐败无能、无力安边的懦弱义愤填膺。故借雁抒怀，写下这首著名的《早雁》诗，表面上似乎句句写雁，实际上，借此言他，句句写时事，句句写人，讽喻当朝者，对流离失所的边民寄予深切的同情。风格含蓄委婉，怨愤情深，亦生动地折射出诗人身在仕途，心里跟明镜似的，又身不由己的尴尬处境。

赤 壁

杜 牧

折戟沉沙铁未销，自将磨洗认前朝。

东风不与周郎便，铜雀春深锁二乔。

【咏诗感怀】

若从文化内涵的角度去品味唐诗，"小李杜"（李商隐、杜牧）的诗更具异样的风采，更具文学的魅力，更具艺术的典型性。因为他们的诗积淀深厚，文史通达；辞章瑰丽奇绝，神采飞扬；诗境气势浩大，顶天立地；意境沉婉，浪漫飘逸。

换句话说，因他们的诗具有超拔的文学艺术水准，这要求它的读者必须具备丰厚的文史知识与高超艺术鉴赏能力，方能"心有灵犀一点通"，看透它的"庐山真面目"。与此同时，这亦成了"小李杜"诗不能通行天下的一道"障碍"。

吾以为，最大的障碍在于诗中用典过多，有时甚至多到字字有典的地步。比如杜牧的这首咏史诗，诗人借在赤壁偶然发现的一支沉埋底沙中的断戟而联想起三国时的著名战役——赤壁之战，从分析战争胜败的原因入手，提出了"英雄的成就带有某种机遇"的政治见解，深刻而精辟，堪称唐代咏史诗中的经典之作。但寥寥二十八个字，竟用了"火烧赤壁""铜雀""二乔"三处典故，不熟读

"三国"历史的人是无论如何读不懂这首诗的。

　　以典入诗，是历代诗人常用的一种修辞手法。所谓"用典"，就是诗文中引用古代故事和有来历有出处的词语、佳句，使诗词意蕴丰富、简洁含蓄，从而提高作品的表现力和感染力。一句话，"小李杜"的多数作品属于"阳春白雪"，普及率不是很高，远不如"床前明月光"家喻户晓。看来，鉴别文学作品的好与差，现时不能仅以传播的宽窄为尺度，若做到雅俗共享，只有不断提高全民族的文化素质，此乃消除这一障碍的最彻底的办法。

泊秦淮

杜 牧

烟笼寒水月笼沙，夜泊秦淮近酒家。
商女不知亡国恨，隔江犹唱后庭花。

【咏诗感怀】

　　自古至今，横贯古城金陵的秦淮河，一向为歌舞升平、游宴取乐之地。这首诗是诗人夜泊秦淮河时触景生情之作，朦胧的夜色与诗人心中忧国忧民的萦萦情怀深深地交织在一起，景为情设，情随景至，委婉含蓄地表达了诗人对历史的深刻思考，对现实的深切忧虑，不愧为千古"绝唱"。

题乌江亭

杜 牧

胜败兵家事不期，包羞忍耻是男儿。

江东子弟多才俊，卷土重来未可知。

【咏诗感怀】

　　项羽是楚汉相争中的失败者，最终落得个乌江自刎的下场。但后人似乎很眷恋他，他虽败犹荣的呼声至今不绝于耳。杜牧的这首《题乌江亭》就是替项羽无限惋惜的一首悲歌！"江东子弟多才俊，卷土重来未可知"。胜败乃兵家常事，能忍受别人难忍之事，方为真正的男子汉！谋远而善忍，是这首诗谆谆告诫我们的成功人生的大规律。

寄扬州韩绰判官

杜 牧

青山隐隐水迢迢，秋尽江南草未凋。
二十四桥明月夜，玉人何处教吹箫。

【咏诗感怀】

    月亮之美出自凄清之魂。另，箫声凄怨、哀婉、悠长，向有"欢笛悲箫"之说。诗人将月与箫并用，在酣畅淋漓描绘青山隐隐、碧水如带的扬州旖旎风光的同时，又分明带着一丝抹不去的伤感和难以排遣的思念之情。月之凄美，箫之悲声，给这首诗蒙上了一层灵动绝美的幽怨气韵。

赠别

杜 牧

一

娉娉袅袅十三余，
豆蔻梢头二月初。
春风十里扬州路，
卷上珠帘总不如。

二

多情却似总无情，
唯觉樽前笑不成。
蜡烛有心还惜别，
替人垂泪到天明。

【咏诗感怀】

唐诗之美在于情感的描绘。杜牧的这首《赠别》诗，是一首绝色与爱恋交织而成的动人诗篇，更是一个悲欢一梦的凄美故事。透过诗句流露出的情感，不着一个"美"字，不着一个"花"字，却将眼前这位"高楼红袖"的倾国倾城之貌，及心中对她的倾慕之情，表现得淋漓尽致，令一切怀春者涌起一丝丝心灵相契的惆怅。

"天长地久有时尽，此恨绵绵无绝期。"其实，每一首唐诗都是一个故事，每一个故事背后都有着一位过尽千帆、情怀万种的诗人！

山 行

杜 牧

远上寒山石径斜，白云生处有人家。
停车坐爱枫林晚，霜叶红于二月花。

【咏诗感怀】

深秋山色，枫叶流丹。停车唱晚，穿越春天。

金谷园

杜　牧

繁华事散逐香尘，流水无情草自春。
日暮东风怨啼鸟，落花犹似坠楼人。

【咏诗感怀】

要解读杜牧的这首蕴含了无限感慨的唐诗，必须首先弄明白曾发生在这座"金谷园"里的故事。据晋书记载，这座名叫"金谷园"的豪宅，原系晋代一位名叫石崇的家院。后石崇遭人诬陷，被逮入狱之际，爱姬绿珠刚烈忠贞，随之亦跳楼自殉。诗人杜牧游历到此地时，豪宅早已变成一片废墟，石崇一家人，也消融得无踪无影。

面对人去楼空的"金谷园"遗址，诗人呆呆地伫立着，死死地盯住这一片废园，事如春梦了无痕，一切的一切，不过是云烟过眼，一时而已罢了！此刻此景，感叹万分，于是乎，满腹感慨喷涌而出，这首诗诞生了！

惜 春

杜 牧

花开又花落，时节暗中迁。

无计延春日，何能驻少年。

小丛初散蝶，高柳即闻蝉。

繁艳归何处，满山啼杜鹃。

【咏诗感怀】

　　人生短促，尤其是人生最曼妙的时刻——青春，就如同花红柳绿的春天一样。难怪"惜春"成了古诗中的"咏叹调"："欲问春深浅，桃花淡不言。""小分寒影看梅色，半入春痕是柳条"……一如杜牧所叹："无计延春日，何能驻少年。"珍惜春天！珍惜人生！

清 明

杜 牧

清明时节雨纷纷，路上行人欲断魂。
借问酒家何处有，牧童遥指杏花村。

【咏诗感怀】

　　吾以为，这首诗乃迄今流传最广、最为普罗大众所熟悉、喜欢的唐诗之一了。可以说，《清明》以其思想与艺术的鲜明特色，奠定了清明哀悼诗中千古绝唱之地位。据说，二十世纪九十年代初，这首诗被香港文化机构评选为"十佳"唐诗之一，并名列第二。

　　何以如此？吾认为，一是该诗如时间隧道，对接了人们千年一瞬的心态与感情；二是语言通俗直白，没人看不懂，加上音节和谐自然，朗朗上口，情景清新生动，意境优美，富有诗情画意，不但诗被代代相传下来，连"杏花村"一词亦成了到处被借用的专用词。一首短诗居然有如此巨大的社会、历史穿透力和影响力，想必千年之前的杜牧做梦也想不到吧！

题玉泉溪

湘驿女子

红树醉秋色，碧溪弹夜弦。

佳期不可再，风雨杳如年。

【咏诗感怀】

何谓语短情长？此诗便是！湘驿女子是谁？姓名、身世皆无从考。她为何写下这首迷离愁苦的诗篇？其背后一定有一个爱情悲剧时时噬咬着她的心，令她在枫叶如醉、碧溪夜月的环境中，孤独地徘徊着，回忆着，祈望着，等待着……然而，风雨如晦，度日如年，一切的一切都一去不复返！

吊白居易

李忱

缀玉联珠六十年，谁教冥路作诗仙。
浮云不系名居易，造化无为字乐天。
童子解吟长恨曲，胡儿能唱琵琶篇。
文章已满行人耳，一度思卿一怆然。

【咏诗感怀】

这首《吊白居易》系唐王朝第十八位皇帝李忱专为诗人白居易作的悼念诗，堪称古今罕见之举！

诗人出身的当代著名作家周涛曾做过一个震耳欲聋的论断：自古英雄尽解诗！历览古今雄与枭，大都留有传世之诗篇。西汉王朝的开国皇帝刘邦，一首《大风歌》流芳百世："大风起兮云飞扬，安得猛士兮守四方"，气魄豪迈，雄盖古今！还有那位在楚汉相争中的失败者霸王项羽，亦留有绝唱《垓下歌》："力拔山兮气盖世。时不利兮骓不逝。骓不逝兮可奈何！虞兮虞兮奈若何！"再有唐末农民起义的领袖黄巢，虽败犹荣，留下豪气万丈的诗篇《题菊花》："飒飒西风满院栽，蕊寒香冷蝶难来。他年我若为青帝，报与桃花一处开！"

类似的例子举不胜举。这些在历史上留下英名的杰出人物，个

292

个胸怀大志，有志必有诗，这亦是中国特色！其实，一部浩瀚悠远的中国史，也可以把它看作一部诗史。因为从《古诗源》《诗经》、唐诗、宋词、元曲一路浏览下来，比《史记》要丰富生动得多得多！

　　一部二百八十余年的唐代历史，共更换了二十三位皇帝，其中有诗歌留世的就达十二位之多，以唐太宗李世民和唐玄宗李隆基的作品为最多，在《全唐诗》中分别占了一卷的篇幅。吾选的这位李忱的诗作，虽在唐皇诗作中排不上顶巅的位置，但感情真挚，既表达了对白居易仙逝的无比哀痛，又可以从中窥探出李白、杜甫、白居易为代表的唐诗在当时的巨大影响力："童子解吟长恨曲，胡儿能唱琵琶篇。"

过陈琳墓

温庭筠

曾于青史见遗文，今日飘蓬过此坟。

词客有灵应识我，霸才无主始怜君。

石麟埋没藏春草，铜雀荒凉对暮云。

莫怪临风倍惆怅，欲将书剑学从军。

【咏诗感怀】

陈琳为汉末著名的建安七子之一，乃横跨诗、文、赋三界的大手笔也。其诗《饮马长城窟行》、文《为袁绍檄豫州文》、赋《武军赋》等，皆为声震山河、千古传颂之名篇巨著。温庭筠这首诗与其说为凭吊这位建安才子而作，莫如说托借陈琳之"酒"，浇自己心中块垒罢了。陈琳与温庭筠两位大才子虽相隔六百年，犹如隔代知音，惺惺相惜，彼此"应识我""始怜君"，心灵相通。

这首诗之所以传颂至今，从写诗角度论之，好就好在其文采自然，寄托遥深，不愧为咏史佳作。《漫斋语录》上说："诗用意要精深，下语要平淡。"是对这首诗艺术上最精准的概括。

商山早行

温庭筠

晨起动征铎，客行悲故乡。

鸡声茅店月，人迹板桥霜。

槲叶落山路，枳花明驿墙。

因思杜陵梦，凫雁满回塘。

【咏诗感怀】

　　每吟诵此诗，都有一种似曾相识的感觉，全诗极其生动地勾勒出一幅充满形、神、影、色美感的山村早春拂晓图，充溢着生活的无限情趣，感人至深，回味无穷。

陇西行

陈 陶

誓扫匈奴不顾身，五千貂锦丧胡尘。
可怜无定河边骨，犹是深闺梦里人。

【咏诗感怀】

　　这是一首军旗猎猎、杀声震天、慷慨悲壮的军人赞歌，这是一首生离死别、凄楚动人、催人泪下的战争悲歌。五千名驰骋疆场的边关将士忘身报国，"功名只向马上取。"何等的勇武！何等的壮烈！这才是真正的军人！丈夫早已变成刀下的血魂、成堆的白骨，可怜做妻子的还在家中祈盼着团聚的这一天呢。何等的凄楚！何等的悲哀！吟诗到此，能不潸然泪下。

无题·相见时难别亦难

李商隐

相见时难别亦难，东风无力百花残。
春蚕到死丝方尽，蜡炬成灰泪始干。
晓镜但愁云鬓改，夜吟应觉月光寒。
蓬山此去无多路，青鸟殷勤为探看。

【咏诗感怀】

据统计，李商隐一生写过二十几首无题诗，以此首最著名，意境最深刻、缠绵，句句经典。全诗渗透着执着、坚守精神，为各个时代的读者所钟爱。又因为无题，历来遭各方人士的揣测解读，莫衷一是。但绝大多数人认为是表达男女之间爱情的。这首诗，从头至尾都熔铸着痛苦、失望而又缠绵、执着的感情。尤其"春蚕到死丝方尽，蜡炬成灰泪始干"两句，更是因为运用了生动的比喻，借用春蚕到死才停止吐丝、蜡烛烧尽时才停止流泪，来比喻男女之间的爱情至死不渝，成为一曲悲壮的千古绝唱。

登乐游原

李商隐

向晚意不适，驱车登古原。

夕阳无限好，只是近黄昏。

【咏诗感怀】

　　大诗人的艺术功力，在于临门一脚，即凡事都能令他感慨万分，诗情喷发。李商隐便是这样的大诗人。但遗憾的是，这位大诗人的诗却在民间流传不畅，皆因诗中运用典故太多，内容过于隐晦迷离，令人难于索解。但唯独此诗却一反常态，既没有用典故，语言又明白如话，毫无雕饰，这在李诗中是很罕见的，故而流传甚广。尤其后两句"夕阳无限好，只是近黄昏"，蕴含博大而精深的哲理，被后世广泛引用。

贾　生

李商隐

宣室求贤访逐臣，贾生才调更无伦。

可怜夜半虚前席，不问苍生问鬼神。

【咏诗感怀】

　　此诗如时光隧道，穿越古今。"不问苍生，问鬼神"，剑之所指，岂止汉文帝一人。深信这首唐诗一定会在当今读者群中引起广泛共鸣。

隋 宫

李商隐

乘兴南游不戒严，九重谁省谏书函。
春风举国裁宫锦，半作障泥半作帆。

【咏诗感怀】

此诗是诗人晚年江东游览时写下的名篇。这首七绝是一首咏史诗，诗人通过精心的选材和独创性的构思，只用了寥寥二十八字，就在惊人的广度和深度上揭露了隋炀帝杨广的荒淫害民的本质。杨广当政十四年，把绝大部分时间用于侠游享乐。诗人抨击隋炀帝耗费全国大量人力、物力，以达到个人寻欢作乐的目的，真可谓倾天下之所有，只为填一己之私欲，并终于导致国灭身亡。

这首咏史诗，描写了炀帝出游的情景，批评了炀帝的荒淫、奢侈，全诗层层深入，以小见大，寓意深刻。它在宛转中显出严正气象，深刻揭示了隋王朝灭亡的历史原因。诗人另有一首也题作《隋宫》的七律诗，诗中也写到隋炀帝的南游。与这首七绝一样，写得极为灵动而含蓄，极富讽刺意味。李商隐的《无题》组诗传唱千古，为人称道，实际上，诗人曾写过大量的政治诗，讽喻朝政，这些诗尤其可以看出诗人的志向与思想。此诗就是诗人众多政治诗中的一首。吾认为，此诗的要害在于它高度及深刻的思想性。

锦 瑟

李商隐

锦瑟无端五十弦，一弦一柱思华年。
庄生晓梦迷蝴蝶，望帝春心托杜鹃。
沧海月明珠有泪，蓝田日暖玉生烟。
此情可待成追忆，只是当时已惘然。

【咏诗感怀】

　　要不要选李商隐的这首《锦瑟》，一直很犹豫。若论这首诗的艺术成就及感染力，绝对排在靠前的位置。但因用典太频，一般读者理解颇为吃力，难以起兴。加之，诗意朦胧，歧说纷纭，故推至今日。

　　李商隐是毛泽东所钟爱的几位唐代大诗人之一，他的诗哀婉精丽，极富感伤情调。这首诗是一生坎坷的李商隐晚年回溯往事而不胜惘然之作。诗中接连用了三个典故，一是"庄生梦蝶"的寓言故事，出自战国时期著名哲学家庄子之口。寓言描绘庄子自己梦见变成一只蝴蝶，欣然自得，轻松舒畅地自由飞翔，完全忘记人世间的烦恼。梦醒后一直栩栩如生浮现在眼前。

　　二是"杜鹃啼血，子归哀鸣"的典故。传说古代蜀国有一位皇帝叫杜宇，与皇后恩爱异常。后来他遭奸人所害，凄惨死去。他的灵魂化作了一只杜鹃鸟,每日在皇后的花园中啼鸣哀号。它落下的泪珠是一滴滴红色的鲜血。皇后听到杜鹃鸟的哀鸣,见到那般红的鲜血,明白是丈夫灵魂所化。悲伤之下,日夜哀号"子归,子归",终究郁郁而逝。她的灵魂化为火红的杜鹃花,开遍山野,与那杜鹃鸟相栖相伴。

三是"沧海遗珠",出自《新唐书·狄仁杰传》:"仲尼称观过知仁,君可谓沧海遗珠矣。"大海里的珍珠被采珠人所遗漏。比喻埋没人才或被埋没的人才。

吾有感于今日许多文化人学习古诗词,以卖弄知识渊博为能事,恨不能字字用典,成心令读者看不明白。吾以为,评价诗歌之优劣,首要的是让普罗大众看得明白。

代赠（其一）

李商隐

楼上黄昏欲望休，玉梯横绝月中钩。

芭蕉不展丁香结，同向春风各自愁。

【咏诗感怀】

　　如果说从诗的意境与唯美的角度评价唐诗，那么李商隐的诗无疑雄居榜首，颇受文化人的青睐。其诗散发出唐代其他任何诗人都难以企及的沉婉内敛、情韵宛然、清丽凄美的意境来，一如这首诗。写离愁，写得风华流美，情致婉转。不但写女主人公无心凭栏远眺，而且连眼前的不展的芭蕉与固结的丁香皆喻人之情，以物托人，景与情、物与人融为一体，意境优美，含蕴无穷，又毫不造作，使得抽象的情感变得可见可感、具体形象，比兴、象征等诗歌创作技巧运用得极其娴熟，具有深度的形象世界，让人浮想联翩。

暮秋独游曲江

李商隐

荷叶生时春恨生，荷叶枯时秋恨成。

深知身在情长在，怅望江头江水声。

【咏诗感怀】

李商隐是一位多愁善感的诗人。吾以为，不多愁善感无以成诗人，这也是诗人必有的特质。有人形容李商隐是"唐代唯一彻底以情为骨、以泪为心的诗人"，吾很认同。用今天的话形容，他是一位悲情主义者。他的诗充盈着太多挣扎、震颤之音。这首《暮秋独游曲江》，是诗人诸多咏荷诗中最凄怆的一首。

时当晚秋，地在曲江，诗人为何孤身一人在此徘徊？为何荷叶生亦招恨、枯亦招恨？诗人心中到底流淌着多少悲愁？竟然这般无可奈何地呆望着日夜潺湲不息而终无了时的江水……

马嵬（其二）

李商隐

海外徒闻更九州，他生未卜此生休。
空闻虎旅鸣宵柝，无复鸡人报晓筹。
此日六军同驻马，当时七夕笑牵牛。
如何四纪为天子，不及卢家有莫愁。

【咏诗感怀】

李商隐的这首诗，是一首咏史诗。所谓的"咏史"，与一般历史典故的运用本质上有所不同，乃以特定的历史事件或历史人物为咏颂对象，借以抒发诗人的史识和价值观。而这首《马嵬》，正是借唐玄宗与杨贵妃的爱情故事以及其所牵动的家国巨变有感而作。欲读懂古诗，尤其读懂李商隐的诗，须"胸藏万汇"方能应对。古人的博学多识，简直令今人匍匐在地。

马嵬：即马嵬驿、马嵬坡。唐杨贵妃就葬于此，马嵬坡已成为杨贵妃的另一个代名词。这首《马嵬》堪称用典之集大成者，几乎是联联用典，句句用典，十分罕见。故今人咏之如读天书。

首联"海外徒闻更九州，他生未卜此生休"两句，即用典故。传说，杨贵妃死后，唐玄宗悲伤不已，就命蜀地方术之士寻找她的魂魄。有人趁机进言，说在海外蓬莱仙山上找到了杨贵妃，还带回了她头上的饰物。诗人这里用"徒闻"二字将此事轻轻带过，实际上是否定了这虚妄之说。来生根本无法预料，而唯一的此生却已完结，留下的便是无从弥补的悔恨与痛苦，唐玄宗必须用整个残生来面对这血淋淋的伤口！

颔联"空闻虎旅传宵柝，无复鸡人报晓筹"两句，更是处处用典：所谓"宵柝"，即军旅中守夜卫士巡逻时报时兼示警用的梆子；所谓"鸡人"，乃皇宫中代替真鸡啼鸣之人。因古代有"宫中不得蓄鸡"之规定。通过只听到刚硬冰冷的"宵柝"声，却不能再听到熟悉的宫内"报晓"声的前后对比，来形容安史之乱后唐玄宗仓皇逃往蜀地的悲惨境遇。

颈联"此日六军同驻马，当时七夕笑牵牛"，上句"此日六军同驻马"中的"六军"，源自《周礼》，上说天子有"六军"，后用它泛指皇帝的警卫军。下句"当时七夕笑牵牛"，乃回想当年唐明皇与杨贵妃相依相偎时笑牛郎和织女一年只能见一次面的场景，挖苦唐玄宗沉迷情色，荒废朝政。

尾联"如何四纪为天子，不及卢家有莫愁"，这两句嘲讽唐玄宗虽多年做帝，却保护不了他的爱妃，不及普通人家能始终相守。其中"四纪"，古人以十二年为一纪，此指唐玄宗在位四十五，将近四纪。"卢家莫愁"出自梁武帝萧衍的《河中之水歌》："河中之水向东流，洛阳女儿名莫愁，十五嫁作卢家妇，十六生儿字阿侯……"吟罢全诗，纵横宽展，讽叹有味，"六军""七夕""驻马""牵牛"……信手拈来，有头头是道之妙！

夜雨寄北

李商隐

君问归期未有期，巴山夜雨涨秋池。
何当共剪西窗烛，却话巴山夜雨时。

【咏诗感怀】

人在困境中，情感却驰骋万里。对美好时刻的祈盼，对未来幸福的憧憬，是可以将身与心暂时分离的。

韩冬郎即席为诗相送，一座尽惊。
他日余方追吟"连宵侍坐徘徊久"之句，
有老成之风，因成二绝寄酬，兼呈畏之员外（其一）

李商隐

十岁裁诗走马成，冷灰残烛动离情。
桐花万里丹山路，雏凤清于老凤声。

【咏诗感怀】

回望历史，晚唐诗人韩冬郎峥嵘年少，刚满十岁时，在为李商隐饯行的筵前即席赋诗，语惊四座。令大诗人禁不住击节叫好，写下"桐花万里丹山路，雏凤清于老凤声"相赠，成为一段千古流芳的文坛佳话。"雏凤声清"这句富于诗情画意的名句，亦成了中华词典中不可或缺的词条。滚滚长江东逝水，江山代有新人出。

落　花

李商隐

高阁客竟去，小园花乱飞。
参差连曲陌，迢递送斜晖。
肠断未忍扫，眼穿仍欲归。
芳心向春尽，所得是沾衣。

【咏诗感怀】

　　一直想选李商隐的这首诗，对仗工整，辞精意深，而押的韵却很宽松。这是一首专咏落花的诗，全诗洋溢着伤春惜花之感，情思如痴，委婉动人。实则乃借落花寄寓身世之哀，叹花乃自叹也！

无题·飒飒东风细雨来

李商隐

飒飒东风细雨来，芙蓉塘外有轻雷。
金蟾啮锁烧香入，玉虎牵丝汲井回。
贾氏窥帘韩掾少，宓妃留枕魏王才。
春心莫共花争发，一寸相思一寸灰。

【咏诗感怀】

才情四溢的旷世奇才李商隐，一生写了许多无题诗，他的无题诗写得深情绵邈，沉婉曲折，独树一帜，犹如这首。这首诗几乎全是在写失意的爱情，如贾氏窥帘，宓妃留枕等，用强烈对比的艺术手法衬托美好事物之毁灭，使这首诗具有一种动人心弦的悲剧美。但对于一般读者来说，大都不喜欢李商隐的这些无题诗，因为他的无题诗素以隐晦难懂著称，留给后世许多谜团。不过，令人惊异的是，尽管李商隐的无题诗晦涩难懂，但其中闪闪发光、历久弥新的诗句，如"春蚕到死丝方尽，蜡炬成灰泪始干"，再如这首诗中的"春心莫共花争发，一寸相思一寸灰"，并未受阻于全诗的晦涩难懂，从古到今，广为流传。

江楼感旧

赵 嘏

独上江楼思渺然，月光如水水如天。
同来望月人何处？风景依稀似去年。

【咏诗感怀】

时光飞驰，白驹过隙。整日徜徉在浩瀚无垠的唐诗海中，仿佛在时光隧道中自由地来回穿梭。李白时代，众诗人绣口一吐，便是半个盛唐，被牢记了千年，而且还要被记下去。而今，地未老，天未荒，诗篇在，然而，诗人们却消失得无影无踪。

马嵬坡

郑 畋

玄宗回马杨妃死，云雨难忘日月新。

终是圣明天子事，景阳宫井又何人。

【咏诗感怀】

马嵬驿，在唐代只是一个小小的驿站，本身没有什么特别之处。后来之所以名扬史册，皆因它和一场著名的悲剧联系在了一起。公元七五六年，唐玄宗因安史之乱在逃难四川的过程中，在这里被哗变将士逼迫不得不赐死了杨贵妃，史称"马嵬之变"，乃唐朝历史上一个非常著名的事件。杨贵妃是我国家喻户晓的一位绝代佳人，也是我国古代四大美人之一，被唐玄宗"三千宠爱于一身"，并惠及"姐妹兄弟皆列土"，哥哥杨国忠还当了宰相，朝廷成了杨家天下，最终招致杀身之祸。

仿佛当年杨贵妃赐死前的悲鸣声音犹在耳，再咏此诗，感怀颇深。如此惊心动魄、摄人心魂的历史事件，竟被寥寥二十八个字栩栩如生地展现出来，不能不拜倒在博大精深的中华文化的脚下！

赠妓云英

罗　隐

锤陵醉别十余春，重见云英掌上身。

我未成名君未嫁，可能俱是不如人。

【咏诗感怀】

　　有人说，这首诗叙述的是两个倒霉蛋相遇的故事。晚唐诗人罗隐最初上京考试时路过锺陵县，结识了当地乐营中一位颇有才思的歌妓云英。十二年后，罗隐再次路过锺陵，又碰见了云英，两个人还是以前的样子。云英惊呼道："怎么罗秀才还是布衣?"而云英自己，也仍然混迹风尘，没有嫁人。罗隐感慨万分，即兴写下《赠妓云英》一诗。诗中反问，难道我们两个真的都不如人吗? 潜藏着对腐朽科举制度及社会不公的讥讽之情。

西 施

罗 隐

家国兴亡自有时，吴人何苦怨西施。

西施若解倾吴国，越国亡来又是谁。

【咏诗感怀】

纵观历史，不少人将国破家亡的责任归结于"红颜祸水"。前有春秋时期越国美女西施，天姿国色，传说勾践灭吴后，勾践的夫人偷偷地叫人骗出西施，将石头绑在西施身上，尔后沉入大海，"浊泥犹得葬西施"；后有唐明皇的宠妃杨玉环，众将领及朝臣将安史之乱的罪责推诿给这位专门侍寝皇帝的美女，逼迫唐玄宗于马嵬坡缢杀杨贵妃，"明眸皓齿今何在？血污游魂归不得。"

罗隐这首小诗就是一篇讨伐此种邪说的战斗檄文！一上来，诗人便鲜明地摆出自己的观点，反对将亡国的责任强加在西施之类妇女身上。如果说，西施是颠覆吴国的罪魁祸首，那么，越王并不宠幸女色，后来越国的灭亡又能怪罪于谁呢？尖锐的批驳通过委婉的发问语气表述出来，直戳心肺！

一位公正严明的历史审判者，罗隐是也。

蜂

罗　隐

不论平地与山尖，无限风光尽被占。

采得百花成蜜后，为谁辛苦为谁甜。

【咏诗感怀】

这是一首咏物诗，以物喻人，托物寓意，感慨万端。古人云："咏物隐然只是咏怀"，"传神写意"，有感悟而叹罢了。唐代有一首《咏柳》诗云："长条乱拂春被动，不许佳人照影看。"译成今天的话说，长长的柳枝胡乱地拂着随波荡漾的春水，好像是不允许美丽的妇人把水当镜子照。咏物寓情，这两首诗有异曲同工之妙。

杏　花

罗　隐

暖气潜催次第春，梅花已谢杏花新。
半开半落闲园里，何异荣枯世上人。

【咏诗感怀】

　　"一年春好处，不在浓芳，小艳疏香最娇软。"春景春意，绝非
百紫千红，而是一抹鹅黄、一丝嫩条、一片粉白、一点缀红，犹如
略施粉黛、颦轻笑浅的亭亭少女，娇嫩醉人。"梅花已谢杏花
新"，吟诵的正是此番纤风娇柳的早春景色。不过，诗人此刻心情
不佳，景不逢人，杏花三月反生悲，梅谢杏开，枉比人生枯荣，竟
发出沉重的人生感叹！

和袭美春夕酒醒

陆龟蒙

几年无事傍江湖，醉倒黄公旧酒垆。

觉后不知明月上，满身花影倩人扶。

【咏诗感怀】

吟古诗得有闲适之心，满怀闲适之情。花前月下，春韵倩影，把酒凭风，悠然自得……如此这般的神仙日子，何乐而不为？

杂 诗

佚 名

近寒食雨草萋萋，著麦苗风柳映堤。
等是有家归未得，杜鹃休向耳边啼。

【咏诗感怀】

日近清明，春雨绵绵，春草萋萋；春风过处麦苗摇曳，堤上杨柳依依。有家归去不得。杜鹃啊，不要在我耳边不停地悲啼。这首七言绝句写清明时节的羁旅乡愁，充满无限感伤。

章台夜思

韦　庄

清瑟怨遥夜，绕弦风雨哀。

孤灯闻楚角，残月下章台。

芳草已云暮，故人殊未来。

乡书不可寄，秋雁又南回。

【咏诗感怀】

　　唐诗中描写哀怨的太多太多，吾以为这首《章台夜思》系唐诗中写愁写得最为哀怨凄婉的一首。历代诗评家对此多有评论，说它"悲艳动人""苦调柔情""含情无际"，托伤情愁思于"瑟曲""归雁"，借"孤灯""楚角""残月""章台"以写哀愁，寓情于景象，借景象抒情，隐喻含蓄，神韵悠长，怎一个愁字了得！吟罢这首唐诗，你会觉得，哀怨是一种美，一种痛切之美！

题菊花

黄　巢

飒飒西风满院栽，蕊寒香冷蝶难来。
他年我若为青帝，报与桃花一处开。

【咏诗感怀】

　　这是我们耳熟能详的一首诗作。若论诗所展示出的铲平天下不公的伟大抱负及淋漓尽致的浪漫主义激情，足可以与伟人毛泽东《念奴娇·昆仑》中"安得倚天抽宝剑，把汝裁为三截？一截遗欧，一截赠美，一截还东国。太平世界，环球同此凉热"相比肩。皆因诗人系唐末农民起义败北的领袖黄巢，故没有入列蘅塘退士的"三百首"之围，想必是政治缘由从中作梗吧。

书边事

张 乔

调角断清秋，征人倚戍楼。
春风对青冢，白日落梁州。
大汉无兵阻，穷边有客游。
蕃情似此水，长愿向南流。

【咏诗感怀】

自古安边乃兴国之大事，国强则边安，此诗就是明证。唐朝乃盛世，故而才有"大汉无兵阻，穷边有客游"宁静、安详的边塞景象。

汉 宫

胡 曾

明妃远嫁泣西风，玉箸双垂出汉宫。
何事将军封万户，却令红粉为和戎。

【咏诗感怀】

历朝历代咏诵王昭君的诗歌不少，吾以为，此首诗尤畅快，尤深刻，将"和亲"这一维系封建王朝大一统做法的本质揭露殆尽。全诗哀伤悲愤，尤其诗的最后两句，愤而揭露汉代将领们的腐败无能，只会坐享封侯厚禄，对付边塞动乱则靠美女谋求"和谐"。"宁塞无中策，和戎有妇人"，何其悲哉！

君生我未生

佚　名

君生我未生，我生君已老。
君恨我生迟，我恨君生早。

【咏诗感怀】

这是一首唐代铜官窑瓷器题诗，作者无从考证，或是当时流行的里巷歌谣。二十世纪七十年代出土于湖南长沙铜官窑窑址。不用细解，这里述说是一对老少忘年恋的凄美爱情故事。

环顾宇内，幸福的忘年恋现象古今中外屡见不鲜。但是，诗中这对忘年恋却太不幸，或许是反对的声浪太汹涌？虽爱得死去活来，终未能喜结良缘，抱憾终生。据说，后人看了极为同情，替他俩打抱不平，有好事者续接了几句，谁知接得非常完美，以至于现代人把整首诗都误认为是唐代原创作品：

君生我未生，我生君已老。
君恨我生迟，我恨君生早。
君生我未生，我生君已老。
恨不生同时，日日与君好。
我生君未生，君生我已老。

323

我离君天涯，君隔我海角。

我生君未生，君生我已老。

化蝶去寻花，夜夜栖芳草。

焚书坑

章　碣

竹帛烟销帝业虚，关河空锁祖龙居。

坑灰未冷山东乱，刘项原来不读书。

【咏诗感怀】

这首《焚书坑》为晚唐诗人章碣所作的一首脍炙人口的咏史诗。值得一提的是，当代伟人毛泽东，曾对这首寓意深刻的咏史诗情有独钟，一生中三次书写馈人，其蕴含之意耐人寻味。

公元前二一三年，秦始皇统一六国之后，为了巩固其统治地位，采纳丞相李斯的毒招：烧毁图书（医学、卜筮、农作书除外），活埋儒生。野蛮残暴令人发指，故而留下了千古骂名！这首诗对秦始皇的上述暴虐行径给予了辛辣嘲讽和无情鞭挞，启发后人牢记这一历史教训。

秋 夕

崔道融

自怜三十未西游，傍水寻山过却秋。
一夜雨声多少事，不思量尽到心头。

【咏诗感怀】

一夜雨声，好比一生历程。时光如水，两鬓白发，惊回首，往事历历，滴滴撞心头！

春　怨

金昌绪

打起黄莺儿，莫教枝上啼。

啼时惊妾梦，不得到辽西。

【咏诗感怀】

诗是用高度凝练、有节奏和韵律的语言反映生活、抒发情感的一种文学体裁。吾一直认为，唐诗是中文里凝练到极致的精华，譬如五言绝句，除去题目只有短短二十个字。而唐朝诗人能把这二十字写得包罗天地，写得气象万千。

春天是萌动的，莺歌燕舞，大地复苏，亦牵动着人们的心绪百情聚结，一如这位少妇。春怨幽幽，情痴切切，悦耳的黄莺歌唱，她嫌；婀娜的花红柳翠，她厌。因为她正在做春梦呢，梦见正兴冲冲赶往边关的路上，满心欢喜地去与丈夫会面。全篇不着一个"怨"字，然满篇弥漫着"怨"的气氛；全篇无一个"情"字，然通篇的情意浓浓！仅用了一个"打"字，就将这位少妇对远在边关的丈夫的苦恋与幽怨挥洒得入心入肺、淋漓尽致，把一腔怅恨无端地发泄到黄莺身上！

春梦犹酣，别有洞天。四句小诗，曲径通幽，耐人寻味。嚼味此诗，真恨不能醉卧诗中，永远陶醉于这美妙而悠长的诗境之中。

冬夜寄温飞卿

鱼玄机

苦思搜诗灯下吟，不眠长夜怕寒衾。
满庭木叶愁风起，透幌纱窗惜月沈。
疏散未闻终遂愿，盛衰空见本来心。
幽栖莫定梧桐树，暮雀啾啾空绕林。

【咏诗感怀】

　　唐朝女诗人中，吾尤喜欢鱼玄机。论诗才无疑鱼玄机独占鳌头，从这首诗中便可略窥一斑。豆蔻少女如泣如诉的幽怨渗透于字里行间，细腻缠绵的情思弥漫于整篇诗中。无论意境、诗情，还是遣词用语，抑或平仄音韵，均出类拔萃！

赠同游

李昌符

此来风雨后，已觉减年华。
若待皆无事，应难更有花。
管弦临夜急，榆柳向江斜。
且莫看归路，同须醉酒家。

【咏诗感怀】

艾青曾说过，诗就是文学中的文学。唐诗是中华诗歌的巅峰，虽然距今已有千年，但它所表达的内心情感、思考和价值判断，比如喜怒哀乐，比如对真善美的肯定和追求，比如对祖国大好河山的热爱，对保家卫国的英雄行为的赞美，仿佛就是现代才华横溢的诗人为我们而写的，仿佛就是在替现代人来抒写内心情思的。古今一脉相通，故而毫无阻碍地传递到今天。它始终是活在现代读者心头的活的文本，这是它最大的现实意义。

就像这首《赠同游》，尤其这句"若待皆无事，应难更有花"，吟之，震耳发聩。人生苦短，祈盼事事都停当后再来赏花，忘记了花期易逝；想等到万事俱备后再求自由自在，一切皆晚矣！抓住闪光的瞬间，搁置万难，"且莫看归路，同须醉酒家。"此乃人生之大悟矣。

再经胡城县

杜荀鹤

去岁曾经此县城，县民无口不冤声。
今来县宰加朱绂，便是生灵血染成。

【咏诗感怀】

诗乃诗人瞬间强烈感情的自然迸发，同时散发着成熟的理性。杜荀鹤的这首诗，用高度凝练的语言，把两次路经胡城县的见闻及感受写进诗中，构成巨大的反差、对比，从而深刻揭露了封建统治者压榨人民的残忍本性，以及诗人对劳苦大众的无比同情，和对贪官污吏的万般憎恨。

如此酷吏，实乃民贼也！非但不受查办，反而愈得上司的呵护，赐之"朱绂"（唐代官制，四五品官服为朱红色，县宰官低于五品），说明他迫害人民有"功"。制度之黑暗，官场之腐朽，燃起诗人心中熊熊怒火，愤酣落笔，嘶声发出"便是生灵血染成"的凌厉呐喊！

除夜有怀

崔　涂

迢递三巴路，羁危万里身。
乱山残雪夜，孤烛异乡人。
渐与骨肉远，转于僮仆亲。
那堪正飘泊，明日岁华新。

【咏诗感怀】

　　唐代诗坛，名家辈出，佳作如林，崔涂就是其中一位。他虽不如李白、杜甫等人的诗名响亮，但同样是一位大家，《全唐诗》录存其诗一卷。其诗多以自己的漂泊生活为题材，情调苍凉，意境深婉，传之于世的佳作不少，这首《除夜有怀》便是。全诗悲恻感人，离愁乡思，浸透纸背。

贫 女

秦韬玉

蓬门未识绮罗香，拟托良媒益自伤。

谁爱风流高格调，共怜时世俭梳妆。

敢将十指夸针巧，不把双眉斗画长。

苦恨年年压金线，为他人作嫁衣裳。

【咏诗感怀】

从表面上看，当代是个剩女多多的时代。不是因为家境贫穷，亦非自身条件不好嫁不出去，恰恰相反，多是高学历、高收入的才女、美女！盖因找不到相匹配的另一半，宁缺毋滥。由此，骤然忆起似曾相识的这首唐诗，诉说的是一位寒门未嫁剩女的独白与心声。虽与当代女性的优裕生活状况截然不同，但内美修能、超凡脱俗的高雅气质与追求，丝毫不差！她不肯降低自己的格调去迎合世俗，宁愿年年替豪门女子缝制出嫁的衣裳养活自己，亦绝不放弃一个人的世界。

雨　晴

王　驾

雨前初见花间蕊，雨后全无叶底花。
蜂蝶纷纷过墙去，却疑春色在邻家。

【咏诗感怀】

吴乔《围炉诗话》曰：诗贵活句。这首诗的末句，如神来之笔，一下子令全篇蓬荜生辉，诗意盎然。

春色迷人，但能将春色描摹出出其不意的特色来，绝非易事，可这首诗做到了。残春将尽，望着纷纷飞过墙去的蜂蝶，折射出诗人盼望春色不要走远的无限惜春之情，独到新颖，妙趣横生。

古 意

王 驾

夫戍萧关妾在吴，西风吹妾妾忧夫。

一行书信千行泪，寒到君边衣到无。

【咏诗感怀】

不知怎的，一咏此诗，不由地就联想到新疆巴尔鲁克山无名高地的"小白杨哨所"，它是我国与哈萨克斯坦千里边防线上的一个小哨卡。这里环境艰苦，哨所生活单调、寂寞。那首唱响全国的军旅歌曲"一棵小白杨"就是以这里的故事为背景创作出来的。歌曲表达了戍边军人的阳刚之气，和对家乡和亲人的眷恋之情，仿佛在同这首《古意》遥相呼应。《古意》是以一位军嫂的口吻道出了对戍守边关的丈夫的思念与牵挂之情。此时此刻，古今对接，情感联通，禁不住对诗中描绘的这位军嫂肃然起敬，心中涌起千般同情，万般爱怜！

君不见，西风乍起，天寒地冻，军嫂想到的不是自己，而是远在边关的丈夫，他冷不冷？身上的衣服够不够？其情至极，其念撞心！若边关的丈夫有知，也会掉下动情的泪水。

送 兄

佚 名

别路云初起，离亭叶正稀。
所嗟人异雁，不作一行归。

【咏诗感怀】

相传这是年仅七岁女童脱口吟作的一首五言绝句。据《全唐诗》的注释中载："女子南海人，武后召见，令赋送兄诗，应声而就。"好一个"应声而就"！古今还有多少同龄人能做到？且不说同龄人，吾辈有谁能做到？天下奇才也！

更令人仰慕与折服的是，小诗人竟能轻描细写地将人们送别场景中那种依依不舍的场景与心态，刻画得如此情景交融、惟妙惟肖："叶正稀"，不言秋，秋自现，气氛萧索，令人伤感，故才有了"所嗟人异雁，不作一行飞"的感叹。用今天的话说，令人感叹的是人和雁不一样，不能像雁群那样排成一行共同飞向远方。句句白话，字字含情，真情厚谊，跃然纸上，堪称佳作！

寄 人

张　泌

别梦依依到谢家，小廊回合曲阑斜。
多情只有春庭月，犹为离人照落花。

【咏诗感怀】

有人曾为中国古代情诗搞了个排行榜，位列前十名的包括《上邪》《君生我为生，我生君已老》《行行重行行》等，均为热烈、奔放类的情诗，也无可挑剔。但吾总以为，这些并不能代表封建时代情诗的主流。因为在那个男女授受不亲的社会里，男女之间的情感受到巨大压抑，尤其在上流社会中。敢高呼："上邪！我欲与君相知，长命无绝衰。山无陵，江水为竭，冬雷震震，夏雨雪，天地合，乃敢与君绝！"的毕竟为数稀少，也只有在民间。倒觉得张泌这首《寄人》，在中国古代情诗中最具代表性，它虽情深则含蓄，虽热烈则委婉，只有梦中寻她千百遍，意在情人则言月。月光有情，落花无意，吟之唏嘘！

后　记

　　经过两年多的努力，总算自选自编了一部《新选唐诗三百首》。绝无意与孙洙比肩，他乃大家做学问，我只不过想通过这种形式系统学习一遍唐诗，聊以打发寂寞的退休生活。民谚有道："熟读唐诗三百首，不会作诗也会吟。"看来，"三百首"是一个筐，往里面装什么，兴由个人所好。选编之前我曾说过，我选诗之标准：唐诗中的脍炙人口之作，一定要跳出孙洙《三百首》的框框，在《全唐诗》范围中寻找。因此，就其年代和内容，亦未做特别编排。

　　这确实是一份苦差事，天天扑腾在四万多首唐诗的泱泱大河中，捞吾所好，然后反复吟诵，领悟出独特的感受，再查找相关背景资料，相辅相成，最后形成准确而优美的感悟文字，谈何容易！这更是一份美差事。走进唐诗，犹如走入了一座美的殿堂，有声有色、有形有势、有质有气，辉映着音律之美、色彩之美、空间之美。鉴赏唐诗，就是探寻美的历程。

　　不知不觉，《新选唐诗三百首》唐诗终于选编完成了！这是自己给自己的一份答卷，这是自身晚岁的一份时光记忆，值得！如果还能对旁人发挥一点点光和热，那就更是一份意外的收获了。借此《新选唐诗三百首》收尾之际，向一直关注并指导选编工作的各位朋友、老同事、老同学、众亲属，表示由衷的谢意！我要说，没有你们的关注与推动，就没有这《新选唐诗三百首》的重新集结。

2017 年 6 月